Richilde

Rithilde. pag. 70.

Johann Karl August Musäus

 Richilde

Die Geschichte der Stiefmutter von Schneewittchen

Mit Bildern von Ludwig Richter

Klassiker für Bewusstseinsbezogene Bildung
Alfa-Veda

Erstveröffentlichung:
Johann Karl August Musäus
Volksmährchen der Deutschen
Band 1, Leipzig 1782

Schneewittchen erschien in:
Brüder Grimm
Kinder- und Hausmärchen
bei Georg Andreas Reimer, Berlin, 1812 -1858

Die Bilder von Ludwig Richter erschienen in:
Volksmährchen der Deutschen
Verlag Mayer und Wiegand, Leipzig 1842

Für Leser von heute bearbeitet und
mit Glossar versehen von Jan Müller

Druck und Bindung: Books on Demand GmbH, Norderstedt
Alfa-Veda Verlag, Oebisfelde 2022
www.alfa-veda.com

ISBN 978-3-945004-09-8

Gunderich der Pfaffenfreund, Graf von Brabant, lebte um die Zeit der Kreuzzüge mit so exemplarischer Frömmigkeit, dass er den Namen des Heiligen so gut verdient hätte wie Kaiser Heinrich der Hinker; seine Hofburg sah einem Kloster ähnlich, man hörte da keine Sporen klirren, keine Rosse wiehern, keine Waffen rauschen; aber die Litaneien andächtiger Mönche und das Geklingel der Silberglocken tönten ohne Unterlass durch die Hallen seines Palastes. Der Graf versäumte keine Messe, wohnte fleißig den Prozessionen bei und trug eine geweihte Wachskerze, pilgerte auch an alle heiligen Orte, wo Ablass erteilt wurde, auf drei Tagereisen weit rings um sein Hoflager.

Dadurch erhielt er die Politur seines Gewissens so rein und unbefleckt, dass auch kein sündiger Hauch daran haften konnte, dennoch wohnte bei dieser großen Gewissensruhe keine Zufriedenheit in seinem Herzen, denn er lebte in kinderloser Ehe und besaß gleichwohl große Schätze und Renten. Diese Unfruchtbarkeit nahm er als eine Strafe des Himmels an, weil, wie er sagte, seine Gemahlin zu viel eitlen Weltsinn habe.

Die Gräfin grämte sich innerlich über diesen frommen Wahn. Obgleich die Andächtelei eben nicht ihre Passion war, so wusste sie doch nicht eigentlich, wodurch sie das Strafgericht der Unfruchtbarkeit verdient haben sollte, denn die Fruchtbarkeit ist ja nicht eben eine Prämie der weiblichen Tugend. Indessen verabsäumte sie nichts, den Himmel, wenn die Vermutung ihres Gemahls allenfalls Grund haben sollte, durch Fasten und Kasteien zu versöhnen, aber diese Bußübungen wollten nicht anschlagen, und ihre Taille wurde bei dem strengen Regime nur immer schlanker.

Zufälligerweise traf es sich, dass Albertus Magnus, als er auf Befehl Gregor des Zehnten von Köln aufs Konzilium nach Lyon zog, seinen Weg durch Brabant nahm und beim Grafen einsprach, dessen Gastfreigebigkeit gegen die Kleriker keine Grenzen hatte. Er empfing seinen Gast nach Standesgebühr und Würden. Albertus war aus dem Geschlecht der Grafen von Bolstädt in Schwaben, er war Bischof in Regensburg gewesen, hatte dieser Würde aber entsagt aus Liebe zu den Wissenschaften.

Gunderich ließ sich auch von ihm eine Messe lesen, für die er hundert Goldstücke zahlte, die Gräfin wollte ihm an Freigebigkeit nicht nachstehen, darum ließ sie sich gleichfalls eine Messe lesen und zahlte dafür hundert Goldgulden, außerdem bat sie den ehrwürdigen Dominikaner, dass er ihre Beichte hören möchte, wobei sie ihm das Anliegen wegen ihrer Unfruchtbarkeit offenbarte und getröstet von ihm hinweg ging.

Er untersagte der betrübten Beichttochter alle Buße und ferneres Kasteien, schrieb ihrem Herrn und ihr eine reichlichere Diät vor und verhieß mit prophetischem Geiste, dass sie, eh er

noch vom Konzilium zurückkehrte, mit Leibesfrucht gesegnet
sein würde. Die Prophezeiung traf ein: Bei der Wiederkehr von
Lyon fand Albertus in den Armen der erfreuten Gräfin ein zar-
tes Fräulein, das Ebenbild der holden Mutter, die allen Heiligen
dankte, dass ihre Schmach nun von ihr genommen war.

Vater Gunderich hätte zwar lieber einen männlichen Erben
ankommen sehen; aber weil das kleine Geschöpf so niedlich
und freundlich war und ihm so unschuldsvoll entgegen lachte,
trug er's oft auf den Armen und hatte große Freude daran. Weil
nun der Graf in den Gedanken stand, der fromme Albertus hab
ihm diesen Ehesegen vom Himmel erbeten, so erdrückte er
ihn schier mit Wohltaten, und bei seinem Abzug verehrte er
ihm ein prächtiges Messgewand, wie es nicht einmal der Erzbischof von Toledo in seiner geistlichen Garderobe hatte. Die
Gräfin bat um Alberts Segen für ihr Töchterlein, und er erteilte
ihn mit einer Inbrunst und Teilnehme, dass die Lästerchronik
des Hofs allerlei zu munkeln begann, was die Familienforscher
über die Abstammung des Fräuleins hätte irre führen können;
doch Vater Gunderich nahm von dem Gerede keine Notiz und
ließ alles gutmütig beim Gleichen bewenden.

Albertus Magnus war ein sonderbarer Mann, der bei seinen
Zeitgenossen in zweideutigem Ruf stand, einige hielten ihn für
einen Heiligen, wie sie im christlichen Kalender zu finden sind,
andere verschrien ihn als einen Schwarzkünstler und Teufels-
banner; noch andere sprachen, er sei keines von beiden, sondern ein hochgelehrter Philosoph, der die Natur beschlichen
und ihr alle Geheimnisse abgewonnen habe.

Er vollbrachte auch wunderbare Dinge, worüber nicht we-
nige erstaunten; denn als Kaiser Friedrich der Zweite seine
Künste sehen wollte, lud er ihn im Eismonat zu Köln am Rhein
auf ein Frühstück in den Klostergarten ein und gab ihm ein
Schauspiel, das seinesgleichen nicht hatte. Hyazinthen und Tul-

pen standen da im schönsten Flor, einige Obstbäume blühten, andere trugen reife Früchte, die Nachtigallen ließen sich nebst der Grasmücke im Gebüsch hören, und die fröhlichen Stechschwalben schwirrten hoch in der Luft um den Klosterturm.

Wie der Kaiser das alles genug bewundert hatte, führte er ihn nebst seinen Höflingen an ein Traubengeländer, gab jedem Gast ein Messer in die Hand, sich eine reife Traube abzuschneiden, doch gebot er's, nicht eher zu tun, bis er's ansagen würde; aber plötzlich nahm er die künstliche Täuschung hinweg, da ergab sich, dass jeder Gast seine eigne Nase erfasst und das Messer angesetzt hatte, sie abzuschneiden, welcher Schwank Friedrich so zum Lachen brachte, dass er sich den kaiserlichen

Bauch halten musste. Wenn das mit rechten Dingen zuging, so war's ein Stück, das weder der Professor Pinetti noch der Jude Philadelphia – zwei bekannte herumziehende Taschenspieler – dem Tausendkünstler Albertus nachzutun vermochten.

Nachdem der ehrwürdige Dominikaner der kleinen Richilde den geistlichen Segen erteilt hatte und nun von hinnen ziehen wollte, begehrte die Gräfin noch ein Andenken für ihr Töchterlein, eine Reliquie, ein Agnus Dei, ein Amulett oder einen Segen für sie. Albertus schlug sich vor die Stirn und sprach: »Ihr erinnert mich wohl daran, edle Frau, fast hätte ich's vernachlässigt, Euer Fräulein mit einer Gabe zu bedenken; aber lasst mich allein und sagt mir nur genau an, zu welcher Stunde das Fräulein zuerst die vier Wände beschrien hat.«

Darauf verschloss er sich neun Tage lang in eine einsame Klause und laborierte fleißig, dass er ein Kunststück zuwege brächte, durch das sich die kleine Richilde seiner erinnern möchte.

Wie der Kunstmeister das Werk vollendet hatte und merkte, dass es wohl gediehen sei, bracht er's insgeheim zur Gräfin, verriet ihr alle Vorteile und die geheime Wirkung seines Machwerks, unterrichtete sie, wie es zu gebrauchen sei und wie sie die Tochter, wenn sie heranwuchs, über Nutzen und Brauch des Werks belehren sollte, nahm freundlichen Abschied und ritt davon.

Die Gräfin, hocherfreut über die Gabe, nahm die magische Heimlichkeit und verbarg sie in der Schublade, wo sie ihre Kleinodien verwahrte.

Gunderich der Pfaffenfreund lebte noch einige Jahre in weltentrückter Abgeschiedenheit in seiner Burg, stiftete viele Klöster und Kapellen und legte dennoch einen großen Teil seiner Renten zum Brautschatz des lieben Töchterleins zurück, denn das Lehen war einem männlichen Blutsverwandten verschrieben. Wie er spürte, dass es mit ihm bald zu Ende gehen würde, ließ er sich ein Mönchskleid anlegen und verschied darin mit den hoffnungsvollsten Ansprüchen auf das Recht der Maskenfreiheit im ewigen Leben.

Die Gräfin wählte ein Nonnenkloster zum Witwenaufenthalt, und wendete ihre ganze Tätigkeit auf die Erziehung ihrer Tochter, die sie, sobald sie volljährig sein würde, selbst in die große Welt einführen wollte. Ehe sie das jedoch bewerkstelligen konnte, wurde sie vom Tode ereilt, eben zu der Zeit, als das Fräulein mit dem fünfzehnten Jahr ihres Lebens in den Blütenmond der weiblichen Schönheitsepoche eintrat.

Die gute Mutter sträubte sich anfangs mit einigem Unwillen gegen die ungelegene Trennung von der schönen Richilde, in der sie noch einmal aufzuleben gedachte; doch als sie merkte, dass ihr Stündlein geschlagen hatte, unterwarf sie sich standhaft dem Gesetz des alten Bundes und schickte sich zur Heimfahrt.

Sie rief ihre Tochter zu sich, hieß ihr die milden Tränen trocknen und redete zum Abschied also: »Ich verlasse Euch, geliebte Richilde, zu einer Zeit, wo Euch der mütterliche Beistand am nötigsten tut; aber kümmert Euch nicht, der Verlust einer guten Mutter soll Euch durch einen treuen Freund und Ratgeber ersetzt werden, der, wenn Ihr weise und klug seid, Eure Schritte leiten wird, dass Ihr nie irre geht. Dort in der Schublade, die meine Juwelen aufbewahrt, verbirgt sich ein Geheimnis, das Ihr nach meinem Ableben in Empfang nehmen sollt. Ein hocherfahrener Philosoph namens Albertus Magnus, der an der Freude über Eure Geburt großen Anteil nahm, hat es unter einer gewissen Konstellation der Himmelskörper verfertigt und mir anvertraut, Euch den Gebrauch desselben zu lehren. Dieses Kunstwerk ist ein metallischer Spiegel, in einen Rahmen von gediegenem Gold gefasst. Er hat für alle, die hineinschauen, die Eigenschaften eines gemeinen Spiegels, die Bilder, die er empfängt, getreu zurückzugeben. Aber für Euch ist ihm außer diesem Gebrauch auch noch die Gabe verliehen, alles, wonach Ihr ihn befragt, in deutlich redenden Bildern darzustellen, sobald Ihr den Spruch aussprecht, den Euch diese Gedankentafel, die Ihr hier empfangt, kundtun wird. Hütet Euch, ihn nie aus Vorwitz und Neugier zu konsultieren oder ihm unbesonnen das zukünftige Schicksal Eures Lebens abzufragen. Betrachtet diesen wunderbaren Spiegel als einen achtungswerten Freund, den man nicht mit nichtswürdigen Fragen ermüden möchte, an dem man aber in den wichtigsten Angelegenheiten des Lebens immer einen treuen Ratgeber findet. Darum seid weise und vorsichtig beim Gebrauch und wandelt auf den Wegen der Tugend, damit der blanke Spiegel nicht, durch den vergifteten Hauch des Lasters angeweht, vor Eurem Angesicht erblinde.«

Nachdem die sterbende Mutter diesen Schwanengesang vollendet hatte, umfasste sie die jammernde Richilde, empfing die heilige Salbung, kämpfte flugs ihren Todeskampf und verschied.

Das Fräulein empfand tief in ihrem Herzen den Verlust der zärtlichen Mutter, hüllte sich in Trauerkleider und verweinte eins der schönsten Lebensjahre zwischen den Mauern der klösterlichen Abgeschiedenheit in Gesellschaft der ehrwürdigen Herrin und der frommen Klosterschwestern, ohne einmal den zeitlichen Nachlass ihrer Mutter durchzusehen oder in den geheimnisvollen Spiegel zu schauen.

Die Zeit milderte nach und nach diese kindlichen Schmerzensgefühle, der Tränenquell versiegte, und wie das Herz des Fräuleins durch Leidensergießung keine Beschäftigung mehr fand, fühlte sie in der einsamen Zelle das Ungemächliche der Langeweile, sie besuchte oft den Rederaum, fand unvermerkt

Geschmack, mit den Tanten und Vettern der Nonnen zu kosen, und diese waren so eifrig, ihren frommen Kusinen aufzuwarten, dass sie sich scharenweise ans Gitter drängten, wenn die schöne Richilde im Rederaum war.

Es fanden sich viele stattliche Ritter ein, die der unverschleierten Kostgängerin viel Schönes sagten, und in diesen Schmeicheleien lag das erste Samenkorn der Eitelkeit, das hier auf keinen unfruchtbaren Boden fiel, sondern bald Wurzeln schlug und aufkeimte. Fräulein Richilde dachte sich, dass es draußen im Freien besser sei als im Käfig hinter dem eisernen Gitter, sie verließ das Kloster, richtete ihre Hofstatt ein, nahm wohlstandshalber eine Hofmeisterin zur Ehrenhüterin an und trat mit Glanz in die große Welt ein.

Der Ruf ihrer Schönheit und Sittsamkeit breitete sich gegen die vier Winde des Himmels aus. Viele Prinzen und Grafen kamen aus fernen Ländern, ihr den Hof zu machen. Der Tagus, die Seine, der Po, die Themse und der Vater Rhein schickten ihre Heldensöhne nach Brabant, der schönen Richilde zu huldigen. Ihr Palast schien ein Feenschloss zu sein, die Fremden genossen die beste Aufnahme und unterließen nicht, die Höflichkeiten der reizenden Besitzerin mit den feinsten Schmeicheleien zu erwidern.

Es verging kein Tag, an dem nicht der Turnierplatz mit einigen wohlgerüsteten Rittern besetzt war, die durch ihre Wappenkönige auf den Märkten und an den Eckhäusern der Stadt die Ausforderung verkünden ließen: Wer die Gräfin von Brabant nicht für die schönste Dame ihrer Zeitgenossenschaft erkenne oder das Gegenteil zu behaupten sich erdreiste, solle sich in den Schranken des Turnierplatzes einfinden und mit den Waffen seine Behauptung gegen die Verehrer der schönen Richilde erhärten.

Gewöhnlich meldete sich niemand, oder wenn man ja an einem Hoffeste gern stechen mochte und einige Ritter sich bereden ließen, die Herausforderung anzunehmen und der Dame ihres Herzens den Preis der Schönheit zuzueignen, so geschah das nur zum Schein; denn das Zartgefühl der Ritter erlaubte ihnen nie, den Günstling der Gräfin aus dem Sattel zu heben; sie brachen ihre Lanzen, erkannten sich überwunden und gestanden der jungen Gräfin den Preis der Schönheit zu, welches Opfer sie mit jungfräulicher Sittsamkeit anzunehmen pflegte.

Bisher war es ihr noch nicht eingefallen, den magischen Spiegel zu befragen, sie brauchte ihn nur als einen gemeinen Spiegel, um damit zu prüfen, ob die Jungfrauen ihr den Kopfputz zu ihrem Vorteil aufgesetzt hätten. Keine Frage hatte sie sich noch nicht erlaubt, entweder weil ihr zur Zeit noch kein kritischer Umstand vorgekommen war, der eines Ratgebers bedurft hätte; oder weil sie zu scheu war und fürchtete, ihre Frage möchte vorwitzig und unbesonnen sein und der blanke Spiegel dürfte darüber erblinden. Unterdessen erregte die Stimme der Schmeichelei ihre Eitelkeit immer mehr und erzeugte in ihrem Herzen den Wunsch, das in der Tat zu sein, was ihr das Gerücht tagtäglich laut in die Ohren gellte; denn sie besaß den so seltenen Durchblick der Großen, in die Sprache ihrer Höflinge ein gerechtes Misstrauen zu setzen. Einem aufblühenden

Mädchen, wes Standes und Würden sie sei, ist die Frage über ihre Wohl- oder Missgestalt ein so wichtiges Problem wie einem orthodoxen Kirchenlehrer die Frage über die vier letzten Dinge. Daher war eben nicht zu verwundern, dass die schöne Richilde Lehre und Unterricht über eine Sache begehrte, die ihrer Wissbegier so interessant war, und von wem konnte sie hierüber sicherer und unzweifelhafter Auskunft erwarten als von ihrem unbestechlichen Freund, dem Spiegel?

Nach einiger Überlegung fand sie die Anfrage so gerecht und billig, dass sie kein Bedenken trug, solche an die Behörde gelangen zu lassen. Sie verschloss sich also eines Tages in ihr Gemach, trat vor den magischen Spiegel und begann ihren Spruch:

piegel blink, Spiegel blank,
Goldner Spiegel an der Wand,
Zeig mir an die schönste Dirn
in Brabant.

Behänd zog sie den seidenen Vorhang auf, blickte hinein und sah darin mit großer Zufriedenheit ihre eigene Gestalt, die ihr der Spiegel unbefragt schon gar oft gezeigt hatte. Darüber ward sie hocherfreut in ihrer Seele, ihre Wangen färbten sich höher und die Augen funkelten vor Vergnügen; aber ihr Herz wurde stolz und hoffärtig wie das Herz der Königin Waschti aus dem Buch Esther. Die Lobsprüche über ihre Wohlgestalt, die sie vorher mit Bescheidenheit und sanftem Erröten angenommen hatte, begehrte sie nun als einen rechtmäßigen Tribut; auf alle Jungfrauen des Landes sah sie mit Stolz und

Verachtung herab, und wenn von ausländischen Fürstentöchtern die Rede war und irgendeine ihrer Schönheit wegen gepriesen wurde, fuhr es ihr durchs Herz, sie verzog den Mund und bekam Atembeschwerden und Migräne.

Die Höflinge, die bald die Schwachheit ihrer Gebieterin wahrnahmen, schmeichelten und heuchelten ihr aufs Unverschämteste und lästerten über die ganze weibliche Welt, dass sie außer ihrer Herrschaft keiner Dame für einen Deut Ehre ließen, wenn sie im Rufe der Schönheit war. Selbst die berühmten Schönheiten der Vorwelt, die doch seit vielen hundert Jahren verblüht waren, wurden nicht verschont und mussten sich aufs Schärfste kritisieren lassen. Die schöne Judith war zu plump und vierschrötig, wenigstens nach dem Malerkostüm, das ihr von undenklichen Zeiten her die robuste Gestalt eines Schlächterweibes gab, wenn sie den krausbärtigen Kapitän Holofernes enthauptet; die schöne Esther war zu rachsüchtig, weil sie die zehn hübschen Jungen des Exminister Hamans, die doch nichts verschuldet hatten, henken ließ; von der schönen Helena hieß es, sie sei ein artiger Rotkopf gewesen und habe aller Vermutung nach Sommersprossen gehabt; an der Königin Kleopatra wurde der kleine Mund gelobt, aber die wulstig aufgeworfenen Lippen und die hochstehenden ägyptischen Ohren, die Professor Blumbach noch vor kurzem an den Mumien bemerkt haben will, getadelt; die Königin Thalestris musste bei aller Gelegenheit wegen der nach amazonischer Gewohnheit zerstörten rechten Brust herhalten, und ihre schiefe Taille, die sich bei diesem wesentlichen Schönheitsmangel nicht verhehlen ließ, wollte kein Höfling dulden, weil der künstliche Panzer der ausgepolsterten Schnürbrüste, die so manchen weiblichen Mangel bedecken, damals noch nicht erfunden war.

Die schöne Richilde galt an ihrem Hof einstimmig als das höchste Ideal der weiblichen Schönheit, und weil sie laut

Zeugnis des magischen Spiegels in der Tat die schönste Dame in Brabant war und zudem großen Reichtum besaß nebst vielen Städten und Schlössern, so mangelte es ihr nicht an erlauchten Ehewerbern, sie zählte derer mehr als seinerzeit die Dame Penelope und wusste sie so fein und trügerisch mit süßer Hoffnung hinzuhalten wie nachher die Königin Elisabeth. Alle Wünsche, die sich die Töchter Teutonias in unseren Tagen zu erträumen pflegen, bewundert, gefeiert, angebetet zu sein, in der Reihe ihrer Gespielen hervorzustechen und über alle andere zu glänzen wie der liebliche Mond unter den kleinen Sternen; einen Nimbus von Bewunderern und Anbetern um sich zu haben, die bereit sind, für ihre Dame nach alter Sitte auf der Stechbahn das Leben aufzuopfern und auf ihr Geheiß auf Abenteuer auszuziehen und Riesen und Zwerge für sie einzufangen; oder nach heutigem Brauch zu weinen, zu girren, zu winseln, trübsinnig in den Mond zu schauen, zu rasen, vor Liebeswut Gift zu fressen, sich den Hals zu brechen, ins Wasser zu rennen, sich aufzuhängen, die Gurgel abzuschneiden, oder ehrsamer sich eine Kugel durchs Hirn zu jagen; alle diese Träume schwindelnder Mädchen wurden bei der Gräfin Richilde realisiert.

Ihre Reize hatten schon manchen jungen Rittersmann das Leben gekostet, und bei manchem unglücklichen Prinzen hing das Hochgefühl geheimer Liebesqual nur noch zwischen Haut und Knochen. Die grausame Schöne weidete sich insgeheim an den Opfern, die sie ihrer Eitelkeit täglich schlachtete, und die Martern dieser Unglücklichen ergötzten sie mehr als die sanften Gefühle der beglückenden Liebe. Ihr Herz hatte bisher nur leichte Eindrücke einer vorübergehenden Leidenschaft empfunden, sie wusste eigentlich selbst nicht, wem es angehörte, es stand jedem seufzenden Dämon offen, aber nach der Regel des Gastrechts gewöhnlich nicht länger als drei Tage.

Wenn ein neuer Ankömmling davon Besitz nahm, so wurde der derzeitige Inhaber kaltsinnig entlassen. Der Graf von Artois, der von Flandern, von Brabant, von Hennegau, der von Namen, von Geldern, von Groningen, kurz alle siebzehn niederländischen Grafen, mit Ausnahme einiger, die bereits vermählt oder schon Greise waren, buhlten um das Herz der schönen Richilde und begehrten sie zur Gemahlin.

Die weise Hofmeisterin fand, dass es mit der Koketterie ihrer jungen Herrschaft nicht lange gut gehen könne, ihr guter Ruf schien sich zu mindern, und es war zu befürchten, dass die abgewiesenen Freier ihre Schmach an der schönen Spröden rächen möchten, sie tat ihr deshalb den wohlmeinenden Vorhalt und nötigte ihr das Versprechen ab, sich binnen drei Tagen einen Gemahl zu wählen.

Über diesen Entschluss, der öffentlich am Hof bekannt gemacht wurde, waren alle Brautwerber hoch erfreut, jeder Befugte hoffte, das Los der Liebe werde ihn treffen, sie einigten sich, die Wahl, sie begünstige, wen sie wolle, gutzuheißen und mit vereinter Hand solche aufrecht zu erhalten.

Die strenge Hofmeisterin hatte indessen mit ihrer wohlgemeinten Zudringlichkeit nichts weiter bewirkt, als der schönen Richilde drei schlaflose Nächte zu bereiten, ohne dass das Fräulein, als der dritte Morgen heraufdämmerte, mit ihrer Wahl weitergekommen war als in der ersten Stunde.

Sie hatte während der dreitägigen Frist unzählige Male ihre Freierliste durchgemustert, geprüft, verglichen, gesondert, gewählt, verworfen, von neuem gewählt, von neuem verworfen, und zehn Mal gewählt und zehn Mal verworfen; und durch alles Dichten und Denken war nichts erreicht worden als ein bleicher Teint und ein Paar matte getrübte Augen.

In Herzensangelegenheiten ist der Verstand immer ein armseliger Schwätzer, der das Herz mit seiner kalten Berechnung

so wenig erwärmt wie ein ungeheizter Kamin ein Gemach. Des Fräuleins Herz nahm keinen Teil an den Ratschlägen und verweigerte die Zustimmung zu allen Anträgen des Sprechers im Oberstübchen des Kopfes, darum konnte auch keine Wahl zu Recht bestehen.

Mit großer Aufmerksamkeit wog sie Geburt, Verdienst, Reichtum und Ehre ihrer Eheanwärter; aber keine dieser rühmlichen Eigenschaften rührte sie, und ihr Herz schwieg. Sobald sie indessen die Wohlgestalt der Freier mit in Betracht zog, gab es darinnen einen sanften Anklang. Die menschliche Natur hat sich seit dem halben Jahrtausend, das von dem Zeitalter der schönen Richilde bis auf uns verflossen ist, nicht um Haaresbreite geändert.

Gebt einem Mädchen aus dem achtzehnten oder aus dem dreizehnten Jahrhundert einen weisen, verständigen, tugendhaften Mann, mit einem Wort einen Sokrates zum Ehewerber, und stellt neben ihn einen schönen Mann, einen Adonis, Ganymed oder Endymion, und lasst ihr die Wahl, ihr könnt hundert gegen eins wetten, dass sie den ersten kaltblütig übergeht und einen von den letzten wählt.

Ebenso die schöne Richilde! Unter ihren Ehewerbern fanden sich verschiedene wohlgestaltete Männer, es kam darauf an, den schönsten daraus zu wählen; die Zeit war über diesen Konsultationen verlaufen, der Hof versammelte sich in Gala, die Grafen und edlen Ritter kamen schon im vollen Festgewand angeschritten, die Entscheidung ihres Schicksals mit Herzpochen erwartend.

Das Fräulein befand sich in keiner geringen Verlegenheit, ihr Herz weigerte sich, ungeachtet der Zudringlichkeiten des Verstandes, zu entscheiden. Ein Weg musste gleichwohl gefunden werden; sie sprang hastig von ihrem Sofa auf, trat vor den Spiegel und fragte ihn also um Rat:

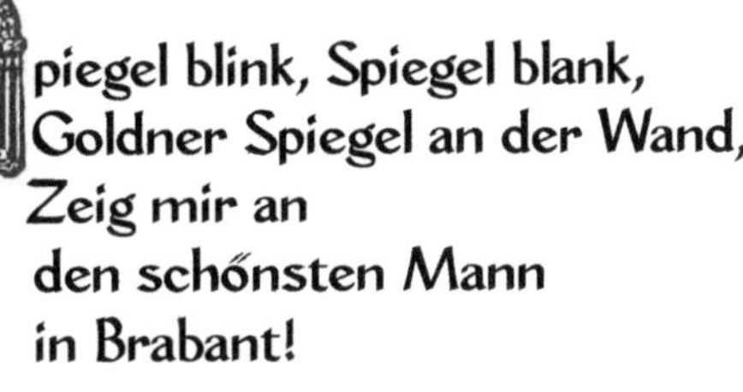

piegel blink, Spiegel blank,
Goldner Spiegel an der Wand,
Zeig mir an
den schönsten Mann
in Brabant!

Es war also hier nicht die Frage von dem besten, also von dem tugendhaftesten, dem treuesten und zärtlichsten Mann, sondern von dem schönsten. Der Spiegel antwortete, wie er gefragt worden war; als sich der seidene Vorhang hob, präsentierte sich gar anschaulich auf der wassergleichen Oberfläche ein stattlicher Ritter in vollem Harnisch, doch ohne Helm, schön wie der jugendliche Adonis, als er der holden Aphrodite das Herz stahl. Sein Haar wallte in geflammten kastanienfarbenen Locken die Scheitel herab, die schmalen und dichten Augenbrauen ahmten die Gestalt des Regenbogens nach, aus seinem Feuerauge blitzte Kühnheit und Heldenmut, die männlich braune, rot getönte Wange glühte von Wärme und Gesundheit; die sanft sich erhebende Oberlippe des Purpurmundes schien einem gefühlvollen Kuss entgegenzustreben, und die volle Wade strotzte von Rüstigkeit und Manneskraft.

Sobald das Fräulein den herrlichen Ritter erblickte, wachten in ihrer Seele auf einmal die bisher schlafenden Gefühle der Liebe auf, sie trank aus seinen Augen Wonne und Entzücken, und tat das feierliche Gelübde, keinem anderen Mann als diesem ihre Hand zu geben. Nur wunderte sie sich sehr, dass die Gestalt des schönen Ritters ihr ganz unbekannt und fremd war; sie hatte ihn nie an ihrem Hof gesehen, obgleich es in Brabant kaum einen jungen Kavalier gab, der ihren Hof noch nicht besucht hatte.

Sie beschaute deshalb die Merkzeichen seiner Rüstung und die Livree derselben genau, stand eine Stunde lang vor dem Spiegel und wendete kein Auge von der interessanten Gesichtsform ab, die sie darin erblickte. Jeder Zug, die ganze Haltung und die kleinste Eigenheit, die sie wahrnahm, ging in ihre Seele über.

Unterdessen wurde es laut im Vorgemach, die Hofmeisterin und die Frauenzimmer warteten, dass ihre Herrschaft hervortreten sollte; das Fräulein ließ endlich mit Unwillen den Vorhang fallen, öffnete die Tür, und wie sie die Hofmeisterin erblickte, umarmte sie die ehrwürdige Dame und sprach mit liebreicher Gebärde: »Ich habe ihn gefunden, den Mann meines Herzens, freut euch mit mir, ihr Lieben: Der schönste Mann in Brabant ist mein! Der heilige Bischof Medardus, mein Schutzpatron, ist mir diese Nacht im Traum erschienen, hat diesen Gemahl – vom Himmel auserkoren – mir zugeführt und mir im Beisein der Heiligen Jungfrau und vieler himmlischen Zeugen angetraut.«

Diese fromme Lüge erfand die schlaue Richilde aus dem Stegreif, denn das Geheimnis des magischen Spiegels wollte sie nicht offenbaren, denn außer ihr war es keinem Sterblichen kund. Die Hofmeisterin, hocherfreut über den Entschluss ihrer jungen Herrschaft, fragte mit Begier, wer der glückliche Prinz sei, vom Himmel erkoren, die schöne Braut heimzuführen. Alle edlen Frauen des Hofes spitzten die Ohren und tippten in Gedanken gar scharfsinnig bald auf den, bald auf jenen wackeren Ritter, meinten alle, sie hätten's getroffen, und raunten eine der anderen etwas vorlaut den Namen des vermeintlichen Ehekandidaten ins Ohr.

Aber die schöne Richilde,
nachdem sie ihre Lebensgeister gesammelt hatte, tat ihren
Mund auf und sprach: »Euch
meinen Auserwählten nament-
lich anzuzeigen oder zu sagen,
wo er wohnt, steht nicht in meiner Macht; er ist nicht unter
den Fürsten und Edlen meines
Hofes, hab ihn auch nie mit Augen gesehen; aber seine Gestalt
schwebt meiner Seele vor, und
wenn er kommt, mich heimzuführen, werde ich ihn sogleich
erkennen.«

Über diese Rede wunderten
sich die weise Hofmeisterin und
alle Damen nicht wenig, ver-
meinten, das Fräulein habe dies
ausgedacht, um der abgenötigten
Wahl eines Gemahls auszuwei-
chen; aber sie beharrte standhaft
bei ihrer Erklärung, sich keinen
anderen Gemahl aufdrängen zu
lassen, als den ihr der fromme
Bischof Medardus im Traum angetraut habe. Die Ritter hatten
bei dieser Kontroverse lange im
Vorgemach gewartet und wurden nun eingelassen, den Ur-
teilsspruch zu vernehmen. Die
schöne Richilde trat auf, hielt mit

viel Würde und Anstand eine herrliche Predigt und schloss mit dieser Apostrophe: »Glaubt nicht, edle Herren, dass ich mit trüglichen Worten zu euch rede, ich will euch die Gestalt und die Merkzeichen der Waffen des unbekannten Ritters genau beschreiben, damit mir jemand Bericht geben kann, wer er sei und wo er zu finden ist.«

Hierauf beschrieb sie seine Gestalt von Kopf bis Fuß und fügte noch hinzu: »Sein Harnisch ist gülden, lasurblau verschmelzt, auf seinem Schild schreitet ein schwarzer Löwe in einem silbernen, mit roten Herzen bestreuten Feld, und die Livree seiner Feldbinde und des Wehrgehänges hat die Farbe der Morgenröte, der Pfirsichblüte und der Orange.«

Als sie schwieg, nahm der Graf von Brabant, des Landes Erbe, das Wort und sprach: »Wir sind nicht hier, geliebte Base, mit Euch zu rechten, Ihr habt freie Macht und Willkür zu tun, was Euch gefällt, uns genügt Eure Meinung zu wissen, dass Ihr uns ehrlich verabschiedet, und nicht weiter mit trügerischer Hoffnung täuschen mögt, dafür gebührt Euch berechtigter Dank. Was aber den ehrenfesten Ritter anbelangt, den Ihr im Traum gesehen habt, und von dem Ihr wähnt, dass er Euch vom Himmel zum ehelichen Gemahl beschieden sei, so mag ich Euch nicht vorenthalten, dass mir derselbe wohlbekannt und mein Lehensmann ist: Denn nach Eurer Beschreibung und den Merkzeichen seiner Rüstung und Livree kann das kein anderer sein als Graf Gombald vom Löwen; doch der ist bereits beweibt und kann nicht der Eure werden.«

Bei diesen Worten entfärbte sich die Gräfin, dass sie dachte umzusinken, sie hatte nicht erwartet, dass ihr der Spiegel den Streich spielen und einen Mann zeigen würde, dessen gesetzmäßige Liebe sie nicht erringen konnte; auch konnte sie kaum glauben, dass der schönste Mann in Brabant andere Fesseln als die ihrigen tragen könnte. Bei derartigen Umständen kam

der heilige Medardus ziemlich ins Gedrän-
ge, dass er mit seinen geistlichen Pflege-
töchtern solch Possenspiel treibe und sie
in verbotener Liebesglut entbrennen lasse.
Dennoch wollte die Gräfin ihren Schutzpatron bei Ehren erhalten und behauptete, ihr
Traumgesicht könne vielleicht eine verborgene Deutung haben, wenigstens schien es
anzuzeigen, dass sie sich vorerst in keinen
Ehevertrag einlassen sollte.

Die Freier zogen also insgesamt davon, der eine dahinaus, der andere dorthinaus, und der Hof der Gräfin war auf einmal einsam und verödet.

Das hundertzüngige Gerüchtenetzwerk breitete indessen die seltsame Nachricht von dem wunderbaren Traum auf allen Heerstraßen aus, und so kam sie auch dem Grafen Gombald brühwarm zu Ohren. Dieser Graf war ein Sohn Theobalds, Bruderherz genannt, weil er seinem jüngeren Bruder Botho mit so treuer Liebe zugetan war, dass er mit ihm in beständiger Eintracht lebte und den Nachgeborenen an allen Vorrechten der Erstgeburt Anteil nehmen ließ. Beide Brüder wohnten in einem Schloss beisammen, ihre Gemahlinnen liebten sich gleichfalls als Schwestern, und weil der ältere Bruder nur einen Sohn, der jüngere nur eine Tochter hatte, gedachten die Eltern das Band der Freundschaft auch auf die Kinder auszudehnen und verlobten sie in der Wiege. Das junge Paar wurde zusammen aufgezogen, und als der Tod die Erbverbrüderung von Seiten der Eltern frühzeitig trennte, formulierten sie ihren letzten Willen dergestalt, dass den Kindern keine andere Wahl blieb als sich zu heiraten.

Seit drei Jahren waren sie bereits vermählt und lebten nach dem Beispiel ihrer friedlichen Eltern in einer glücklichen Ehe, als Graf Gombald den wunderbaren Traum der schönen Richilde vernahm. Der Ruf, der alle Dinge vergrößert, setzte noch hinzu, sie sei so heftig in ihn verliebt, dass sie das Gelübde getan habe, ins Kloster zu gehen, weil sie seiner Liebe nicht teilhaftig werden könne.

Graf Gombald hatte bisher im Schoß einer friedlichen Familie und in den Armen einer liebenswerten Gattin nur die stillen Freuden der häuslichen Glückseligkeit gekannt, es war noch kein Funke in den Zunder seiner Leidenschaften gefallen, sie zu entflammen; aber plötzlich erwachten in seinem Herzen mächtige Begierden, Ruh und Zufriedenheit schwanden daraus hinweg, es gebar ihm törichte Wünsche, nährte sich insgeheim mit der schandbaren Hoffnung, dass der Tod das Ehebündnis vielleicht trennen und ihm seine Freiheit wiedergeben werde. Kurz, das Ideal der schönen Richilde verdarb das Herz eines sonst guten und tugendhaften Mannes und machte es aller Laster fähig.

Wo er ging und stand schwebte ihm das Bild der Gräfin von Brabant vor; es schmeichelte seinem Stolz, der einzige Mann zu sein, der die spröde Schöne überwunden habe, und die erhitzte Phantasie malte ihm den Besitz derselben mit so bunten Farben aus, dass seine Gemahlin dabei ganz in Schatten zu stehen kam; alle Liebe und Zuneigung verlosch gegen sie, und er wünschte nur, sie los zu werden.

Sie bemerkte bald den Kaltsinn ihres Herrn und verdoppelte deshalb ihre Zärtlichkeit gegen ihn, sein Wink war ihr Gebot; aber sie konnte ihm nichts mehr recht tun, er war finster, mürrisch und grämlich, sonderte sich von ihr bei jeder Gelegenheit ab, trieb sich auf seinen Landschlössern und in den Wäldern um, indes sich die Einsame zu Hause grämte und jammerte, dass es einen Stein hätte erbarmen mögen.

Eines Tages überraschte er sie in einer Anwandelung ihrer Leidensergießung: »Weib«, fuhr er auf, »was hast du stets zu winseln und zu stöhnen, dass mir die Ohren gellen, was soll das Eulengeschrei, das mir Unlust macht und weder dir noch mir zu etwas nutzen kann?«

»Lieber Herr«, antwortete die sanfte Dulderin, »lasst mir meinen Schmerz, ich bin ein betrübtes Weib, wozu ich wohl Ursache habe, da ich Eure Liebe und Gunst verloren habe und nicht weiß, wodurch ich diesen Unwillen verschulde. Habe ich Gnade vor Euch gefunden, so tut mir Euer Missbehagen kund, damit ich sehe, wie ich's wenden mag.«

Gombald wurde durch diese Rede gerührt: »Gutes Weib«, sprach er und fasste sie traulich bei der Hand, »Ihr habt nichts verschuldet, doch will ich Euch nicht verbergen, was mir das Herz abdrückt, und das möget Ihr nicht wenden. Unser beider Ehe macht mir Gewissensbisse, ich denke, sie sei eine Blutschande und große Sünde, die sich nicht abbüßen lässt, weder in dieser noch in jener Welt. Wir sind im verbotenen Grade Geschwisterkinder, das ist fast eine Ehe zwischen Bruder und Schwester, dafür hilft keine Absolution und keine Ausnahmebewilligung, seht, das quält mein Gewissen Tag und Nacht und brennt mir auf der Seele.«

In den Zeiten, wo es noch ein Gewissen gab, war dieses, absonderlich bei großen Herren, so fein, zart und empfindsam, wie das Häutlein, Knochenhaut genannt, wo die geringste Verletzung große Qual und Angst verursacht, denn ob es gleich durch den Schlaftrunk der Begierden gar leicht zu betäuben und einzuschläfern war, dass man daran sägen und darein bohren konnte wie man wollte, ohne dass es sich regte oder bewegte: so erwachte es doch über kurz oder lang und verursachte Brennen und Jucken unter der Hirnhaut. Bei keiner Gelegenheit aber war es reizbarer, als wenn es ein Zweifelsknoten über einen verbotenen Ehegrad drückte. Alle christlichen Könige und Fürsten gehören, wie bekannt, zu einer Familie; folglich, da sie von jeher nicht außerhalb ihres Clans heiraten durften, mussten sie sich mit ihren Tanten und Nichten vermählen, und so lange diese jung und schön waren, wiegte das sinnliche Gefühl der Liebe alle moralischen Gefühle in einen narkotischen Schlummer.

Wenn aber die geliebte Kusine an der Seite ihres Eheherrn zu altern begann oder Sättigung Überdruss gebar oder eine andere Dame seinen Augen besser gefiel, erwachte mit einem Mal das zarte Gewissen des tugendhaften Gemahls, zwängte

und drängte ihn, dass er weder ruhen noch rasten konnte, bis er in Rom vom Heiligen Vater einen Scheidebrief bekommen hatte, Frau Base ins Kloster wandern und ihre ehelichen Rechte einer anderen einräumen musste, an die das kanonische Recht, sprich: die Kirche, keinen Anspruch hatte.

So schied sich Heinrich VIII. von Katharina von Aragonien, seiner Schwägerin, bloß auf Antrieb seines zarten Gewissens, obgleich er mit dessen völliger Zustimmung zwei ihrer Nachfolgerinnen einer angeblichen Liebelei halber enthaupten ließ, und so schieden sich laut Zeugnis der Geschichte vor ihm gar viele gewissenhafte Fürsten und Monarchen von ihren Gemahlinnen, obwohl keiner nachher in des frommen Königs Fußstapfen getreten ist. Es war also kein Wunder, dass Graf Gombald, der Sitte und der Denkungsart seines Zeitalters gemäß, eine schwere Gewissensrüge über die zu nahe Verwandtschaft mit seiner Gemahlin empfand, sobald ihm eine Liebschaft vorkam, die seiner Sinnlichkeit mehr behagte als diese.

Die gute Dame mochte einwenden soviel sie wollte, das Gewissen ihres Herrn zu beruhigen, es war vergebliche Mühe. »Ach liebster Gemahl!« sprach sie, »wenn Ihr kein Erbarmen mit Eurer unglücklichen Gattin habt, so erbarmt Euch des unschuldigen Pfandes Eurer erstorbenen Liebe, das ich unter dem Herzen trage, könnte ich es Euch doch augenblicklich in die Arme geben, vielleicht rührte Euch der Anblick der Unschuld und brächte mir Euer abtrünniges Herz zurück.«

Ein Strom bitterer, gesalzener Tränen stürzte diesen Worten nach. Aber die steinerne Brust des hartherzigen Mannes fühlte nicht die siebenfachen Leiden seiner Gemahlin, er verließ sie eilends, schwang sich aufs Ross und ritt nach Mecheln zum Erzbischof, erkaufte mit schwerem Geld einen Scheidebrief und verstieß sein treues gutes Weib ins Kloster, wo sie sich so quälte und verzehrte, dass ihre Gestalt ganz verfiel.

Als ihre Stunde kam, gebar sie ein Töchterlein, dass sie inbrünstig herzte, an den treuen mütterlichen Busen drückte und mit heißen Tränen benetzte.

Aber der Engel des Todes stand neben ihr und drückte ihr schnell die Augen zu, sodass sie sich des Anblicks ihres holden Kindes nicht lange erfreuen konnte. Bald darauf kam der Graf angeritten, nahm das Kind zu sich, gab es in die Hand einer Gouvernante in einem seiner Schlösser und teilte dem zarten Fräulein einige Dienerinnen und Hofzwerge zur Aufwartung zu; er aber rüstete sich aufs Stattlichste aus, denn sein Streben und Sorgen war, die schöne Brabanterin zu erlangen.

rohen Mutes zog er an den Hof der Gräfin Richilde, warf sich ihr wonnetrunken zu Füßen, und als sie den herrlichen Mann erblickte, nach dem ihr Herz so lange geseufzt hatte, fühlte sie darinnen unaussprechliches Entzücken und schwor dem Ritter von Stunde an den Bund der Treue. Ihr Palast verwandelte sich in ein Ida und Paphos, ein Heiligtum der Aphrodite, denn die Göttin schien ihre Residenz dahin verlegt zu haben. In dem süßen Freudentaumel, unter den ausgesuchtesten Vergnügungen, entschwanden dem glücklichen Paar Tage und Jahre wie ein heiterer Morgentraum, und Gombald und Richilde beteuerten einander oft, dass man in den Vorhöfen des Himmels nicht glücklicher sein könne, als wie er und sie zusammen lebten; kein Wunsch war ihnen übrig als der, ihr wechselseitiges Glück ohne Wandel auf ewig zu genießen.

Allein das glückliche Paar besaß zu wenig Philosophie, um einzusehen, dass ein fortwährender Genuss des Vergnügens eigentlich das Grab des Vergnügens ist und dass diese Würze des Lebens, in zu starken Dosen genommen, demselben allen Hochgeschmack und alle Anmut raubt. Unbemerkt erschlafft die Reizbarkeit der Organe für das Gefühl der Lebensfreude, alle Ergötzlichkeiten gewinnen einen einförmigen Gang, und die raffinierteste Abwechselung wird endlich auch ein fades Einerlei. Dame Richilde, nach ihrer veränderlichen Gemütsart, verspürte zuerst diese Unbequemlichkeiten, wurde launisch, herrisch, kalt und mitunter eifersüchtig.

Der Herr Gemahl befand sich auch nicht mehr in der ehemaligen Lage der Behaglichkeit, ein gewisser Spleen drückte seine Seele, der Liebesblick im Auge war erloschen, und das Gewissen, womit er ehedem heuchlerischen Scherz getrieben, fing nun an zu drücken, es kam ihm der Skrupel ein, dass er seine erste Gemahlin gemordet habe; er dachte öfters mit Wehmut und vielen Lobsprüchen an sie, und der Sage nach soll es in der zweiten Ehe nie gut Geblüt geben, wenn von der seligen Frau zu oft die Rede ist; es gab oft verschiedene Debatten mit der Dame Richilde, und er sagte ihr zuweilen gerade ins Angesicht, dass sie die Stifterin all seines Unglücks sei.

»Wir können nicht weiter zusammen bleiben«, sprach er einmal nach einem Ehezwist zu seiner Gemahlin, »mein Gewissen drängt mich, meine Schuld zu sühnen, ich will nach Jerusalem zum Heiligen Grabe pilgern und versuchen, ob ich dort die Ruhe meines Herzens wiederfinden kann.«

Gesagt, getan! Richilde widersetzte sich diesem Vorschlag nur schwach, Graf Gombald rüstete sich zur Wallfahrt, machte sein Testament, nahm lauen Abschied und zog davon.

Ehe ein Jahr verging, kam Botschaft nach Brabant, dass der Graf in Syrien an der schwarzen Pest gestorben sei, ohne den Trost gehabt zu haben, am Heiligen Grabe seine Sünden abzubüßen. Die Gräfin empfing diese Meldung mit großer Gleichmütigkeit, gleichwohl beobachtete sie äußerlich alle Regeln des Wohlstandes, sie wehklagte, weinte, hüllte sich nach den Vorschriften der Etikette in Trauerflor, ließ auch dem seligen Herrn ein prächtiges leeres Grabmal errichten, an dem weinende Schutzgeister mit ausgelöschten Fackeln und Tränenkrügen nicht fehlten.

Inzwischen hat ein schlauer Menschenspäher längst bemerkt, dass junge Witwen geartet sind wie grünes Holz, das an einem Ende brennt, während am anderen das Wasser herausträufelt. Das Herz der Gräfin Richilde konnte nicht lange unbeschäftigt bleiben, die Trauer erhob ihre Reize so sehr, dass sich jedermann drängte, die schöne Witwe zu sehen. Viele Glücksritter zogen an ihren Hof, ihr Heil zu versuchen und diese reiche Beute zu erhaschen; sie fand Anbeter und Bewunderer in Menge, und die Hofschmeichler waren, was das Lob ihrer Gestalt betraf, wieder vollkommen emsig am Fabulieren.

Das gefiel der eitlen Frau ungemein, weil sie aber doch gern Gewissheit von der Sache zu haben und überzeugt zu sein wünschte, dass der Zahn der Zeit in fünfzehn Jahren keinen ihrer Reize verwischt habe, befragte sie deshalb ihren Wahrheitsfreund, den magischen Spiegel, mit dem gewöhnlichen Spruch:

piegel blink, Spiegel blank,
Goldner Spiegel an der Wand,
Zeig mir an das schönste Weib
in Brabant.

Schauer und Entsetzen befiel sie, als der seidene Vorhang aufrauschte und ihr eine fremde Gestalt ins Auge fiel, schön wie eine Göttin, der liebenswürdigste weibliche Engel, voll sanfter Unschuld; aber das Bild hatte von ihr selbst keinen Zug. Es ist schwerlich zu entscheiden, ob hier zwischen Frage und Antwort nicht ein Missverständnis stattgefunden hatte, die Gräfin nahm das Wort Weib vielleicht in engerem Sinn und verlangte zu wissen, ob sie unter den Frauen ihrer Provinz, mit Ausschluss junger aufblühender Mädchen, noch den Preis der Schönheit behaupte; der Genius des Spiegels aber gab dem Wort einen weiter gefassten Sinn und verstand darunter die ganze Flora des Geschlechts.

Dem sei wie ihm wolle, die schöne Witwe geriet über die unerwartete Antwort auf ihre Frage in große Wut, und es fehlte wenig, dass sie ihre Wut an dem indiskreten Spiegel ausgelassen hätte, und das hätte man ihr verzeihen müssen: denn für eine Dame, die kein anderes Talent außer Schönheit empfangen hat, gibt es keine größere Kränkung als die, wenn ihr der Wahrheitsfreund auf der Toilette den unwiederbringlichen Verlust des ganzen Wertes ihrer Existenz verkündet.

Dame Richilde, untröstlich über die gemachte Entdeckung, fasste gegen die unschuldige Schöne, die sich im Besitz ihres beanspruchten Eigentums befand, einen tödlichen Hass, sie prägte sich das liebliche Madonnengesicht genau ins Gedächtnis und forschte mit großem Fleiß nach der Inhaberin desselben.

Diese Entdeckung kostete wenig Mühe, sie erfuhr gar bald, dass ihr der Beschreibung nach ihre eigene Stieftochter Bianca, die sie den Balg nannte, den Preis der Schönheit abgewonnen habe. Alsbald gab ihr der Satan ins Herz, diese edle Pflanze, die dem Garten Eden zur Zierde gedient haben würde, zu vernichten. Die Grausame berief in dieser Absicht den Hofarzt Sambul zu sich, gab ihm einen gezuckerten Granatapfel, zählte ihm fünfzig Goldstücke in die Hand und sprach: »Richte mir diesen Apfel so zu, dass die eine Hälfte davon ganz unschädlich ist, die andere aber von Gift durchtränkt werde, sodass, wer sie genießt, in wenigen Stunden stirbt.«

Der Hofarzt strich sich freudig den Bart und das Geld in seinen Säckel und verhieß zu tun, wie ihm die böse Frau geboten hatte. Er nahm eine spitze Nadel, stach damit drei Löchlein in den Apfel, ließ eine scharfe Flüssigkeit hineinfließen, und nachdem die Gräfin den Apfel in Empfang genommen hatte, stieg sie auf ihr Ross und trabte in Begleitung weniger Hofdiener zu ihrer Stieftochter Bianca auf das abgelegene Schloss,

wo das Fräulein wohnte. Unterweges schickte sie einen reitenden Boten voraus, der ansagen sollte, die Gräfin Richilde sei

im Anzug, das Fräulein zu besuchen und mit ihr über des Papas
Verlust zu weinen.

Diese Botschaft brachte das ganze Schloss in Aufruhr, die
Hausdame lief im Haus umher Trepp auf Trepp ab, setzte alle
Kehrbesen in Bewegung, ließ eilends aufputzen, die Spinnwe-
ben entfernen, die Gästezimmer schmücken und die Küche
bereiten, schalt und trieb die trägen Mägde zu Fleiß und Ar-
beit an, lärmte und kommandierte mit lauter Stimme wie ein
Piratenkapitän, der in der Ferne ein Handelsschiff wittert; das
Fräulein aber schmückte sich bescheiden, kleidete sich in die
Farbe der Unschuld, und wie sie die Rosse antrappeln hörte,
flog sie ihrer Mutter entgegen und empfing sie ehrerbietig und
mit offenen Armen.

Die Gräfin fand das Fräulein beim ersten Anblick sieben-
mal schöner als das Abbild, das sie im Spiegel erblickt hatte,
und dabei so klug, so verständig und so sittsam. Das engte ihr
das Herz ein; aber die Schlange verbarg das Natterngift tief in
ihrem Busen, tat falschfreundlich gegen sie, klagte über den
hartherzigen Papa, der ihr, so lange er lebte, den holden Anblick
des Fräuleins geweigert hätte, und versprach, sie von nun an
mit treuer Mutterliebe zu umhegen.

Bald darauf bereiteten die Hofzwerge die Tafel und trugen
ein herrliches Mahl auf. Beim Dessert ließ die Hofmeisterin
das köstlichste Obst aus dem Schlossgarten aufsetzen. Richilde kostete davon, fand es dennoch nicht schmackhaft genug
und forderte von einem Diener ihren Granatapfel, womit sie,
wie sie sagte, jede Mahlzeit zu beschließen pflegte. Der Diener
reichte ihn ihr auf einem silbernen Teller dar, sie zerlegte ihn
gar zierlich und bot der schönen Bianca, gleichsam zum Zeichen
ihres Wohlwollens, die Hälfte davon. Sobald der Apfel verzehrt
war, saß die Mutter mit ihrem Hofgesinde wieder auf und ritt
von dannen. Bald nach ihrem Abzug ward dem Fräulein weh

ums Herz, die rosenfarbenen Wangen erbleichten, alle Glieder ihres zarten Leibes erbebten, die Nerven zuckten und hüpften, ihre liebevollen Äuglein brachen und schlummerten in den endlosen Todesschlaf hinüber.

Ach, was erhob sich für Jammer und Herzeleid innerhalb der Mauern des Palastes über das Hinscheiden der schönen Bianca, die wie eine hundertblättrige Rose von einer räuberischen Hand in der schönsten Blüte gepflückt wurde, weil sie die Zierde des Gartens war. Die wohlbeleibte Hauswirtin regnete Tränenströme wie ein aufgedunsener Schwamm, der durch einen heftigen Druck alle eingesogene Feuchtigkeit auf einmal von sich gibt.

Die kunstreichen Zwerge aber zimmerten einen Sarg von Föhrenholz mit silbernen Schildern und Handgriffen und machten, um des Anblicks ihrer holden Gebieterin nicht auf einmal beraubt zu sein, ein Glasfenster hinein, die Dirnen fertigten ein Sterbekleid vom feinsten Brabanter Linnen, kleideten die Leiche darin, setzten die Keuschheitskrone, einen frischen Myrtenkranz, auf ihr Haupt, und brachten den Sarg mit Trauergepränge in die Schlosskapelle, wo der Pater Messner das Seelamt hielt und das Glöcklein vom Morgen bis zur späten Mitternachtsstunde dumpfen Sterbeklang tönte.

Indessen langte Donna Richilde wohlgemut in ihrer Heimat an. Das Erste, was sie tat, war, dass sie ihre Frage an den Spiegel wiederholte und behänd den Vorhang aufflattern ließ. Mit inniger Freude und der Miene des Triumphs erblickte sie ihre eigene Gestalt zwar wieder; aber auf der metallenen Oberfläche hatten sich hier und da große Rostflecken angesetzt, wodurch die helle Politur entstellt war wie ein jungfräuliches Gesicht durch Blatternarben.

Was schadet es, dachte die Gräfin bei sich, immer noch besser, dass sie auf dem Spiegel haften als auf meiner Haut, er ist dennoch zu gebrauchen und vergewissert mich wieder meines Eigentums.

In Gefahr, ein Gut zu verlieren, lernt man gewöhnlich den Wert desselben erst richtig zu schätzen. Die schöne Richilde hatte oft Jahre vorübergehen lassen, ohne den Spiegel über ihre Schönheit zu befragen, jetzt ließ sie keinen Tag vergehen. Sie genoss verschiedene Male das Vergnügen, ihrer Gestalt ein Götzenopfer zu bringen, wie sich aber eines Tages zu eben dieser Absicht der Vorhang hob, Wunder über Wunder! Da schwebte ihren Augen im Spiegel wieder die Gestalt der reizenden Bianca vor.

Bei diesem Anblick wandelte die eifersüchtige Frau eine Ohnmacht an, aber sie zog eilends ihr Riechfläschchen hervor, und mit Hilfe des Hirschhorngeistes ging das Übel bald vorüber. Sie sammelte alle Kräfte, um zu erforschen, ob sie ein falscher Wahn getäuscht habe, doch der Augenschein belehrte sie eines anderen. Sogleich brütete sie über einer neuen Bosheit.

Sambul, der jüdische Hofarzt, musste sich einfinden; zu dem sprach die Gräfin mit zornmütiger Gebärde: »O du schändlicher Betrüger, schelmischer Quacksalber! Verachtest du also mein

Gebot, dass du meiner spotten darfst? Hieß ich dich nicht einen
Granatapfel also zuzurichten, dass sein Genuss töte, und du
hast Lebenskraft und Balsam der Gesundheit hineingelegt? Das
sollen mir dein Judasbart und deine Ohren entgelten.«

Sambul der Arzt entsetzte sich ob dieser Rede seiner er-
zürnten Gebieterin, antwortete und sprach: »Auweih mir!
Wie geschieht mir? Weiß nicht, gestrenge Frau, wie ich Eure
Ungnade verwirkt habe. Was Ihr mir befohlen, habe ich
fleißig ausgerichtet; hat die Kunst gefehlt, so ist mir die Ursache davon völlig rätselhaft.«

Die Dame schien sich etwas zu besänftigen und fuhr fort: »Diesmal sei dir dein Fehler verziehen, doch mit der Bedingung, dass du mir eine wohlriechende Seife bereitest, die das unfehlbar leiste, was der Granatapfel verfehlt hat.«

Der Arzt versprach sein Bestes zu tun, sie zählte ihm wieder fünfzig Goldstücke in seinen Säckel und entließ ihn. Nach Verlauf einiger Tage brachte der Arzt der Gräfin die mörderische Komposition. Flugs staffierte sie ihre Amme, ein abgefeimtes Weib, zu einer Krämerin für Kurzware heraus, gab ihr feinen Zwirn, Nähnadeln, wohlriechende Pomade, Riechfläschchen und marmorierte Seifenkugeln mit rotem und blauen Geäder in ihren Kasten, hieß sie damit zu ihrer Stieftochter Bianca wandern, um ihr die Giftkugel in die Hand zu spielen, und verhieß ihr dafür große Belohnung.

Das feile Weib zog hin zu dem Fräulein, das keinen Betrug ahnte und sich durch die arglistige Schwätzerin bereden ließ, die Seife, die angeblich die Schönheit der Haut bis ins hohe Alter konservieren sollte, einzuhandeln, und ohne Vorwissen ihrer Hauswirtin einen Versuch damit zu machen.

Die böse Stiefmutter konsultierte indes fleißig den verrosteten Spiegel, vermutete aus dessen Beschaffenheit, dass ihr Anschlag geglückt sein müsse, denn die Rostflecken hatten sich wie Salpeterfraß in einer Nacht über die ganze Spiegelfläche ausgebreitet, dass sich auf ihr Befragen nur ein trüber Schatten auf der matten Oberfläche darstellte, dem keine Gestalt mehr abzugewinnen war. Der Verlust des Spiegels ging ihr zwar zu Herzen, doch glaubte sie dadurch den Ruhm, die erste Schönheit im Lande zu sein, nicht zu teuer bezahlt zu haben.

Eine Zeitlang genoss das eitle Weib mit geheimer Zufriedenheit dieses eingebildete Vergnügen, bis ein fremder, französischer Ritter an ihren Hof kam, der in dem Schloss der Gräfin Bianca unterwegs eingekehrt war und sie nicht in der Gruft, sondern an der Toilette gefunden, und von ihrer Schönheit gerührt, sie zur Dame seines Herzens erkoren hatte. Weil er nun die Gräfin von Brabant gern erheitern und sich vor ihr auf dem Turnierplatz zeigen wollte, doch nicht vermeinte, dass die Mutter auf die Tochter eifersüchtig sei, warf er bei einem Freudenmahl, vom Wein erhitzt, seinen eisernen Handschuh auf den Tisch und sprach: Wer das Fräulein Bianca vom Löwen nicht für die schönste Dame in Brabant erkläre, solle den Handschuh an sich nehmen zum Zeichen, dass er tags darauf zu Schimpf oder Ernst eine Lanze mit ihm brechen wolle.

Über diese Unbesonnenheit des Franzosen entrüstete sich der ganze Hof aufs Höchste, man schalt ihn insgeheim einen Dummkopf und Unruhestifter. Richilde erbleichte über die Nachricht, dass Fräulein Bianca nochmals aufgelebt sei; die Herausforderung war ihr ein Dolchstich ins Herz; doch zwang sie sich zu einem huldreichen Lächeln und genehmigte die Partie, hoffend, dass sich die Ritter ihres Hofes um den Handschuh reißen würden.

Wie aber keiner hervortrat, den Kampf anzunehmen, denn der Fremdling wirkte keck und kräftig, von starken Nerven und starken Knochen, machte sie ein gar trübseliges Gesicht, dass man ihr ihren Verdruss und ihr Herzeleid deutlich anmerken konnte. Das erbarmte ihren getreuen Stallmeister, sodass er den eisernen Handschuh aufnahm.

Aber wie der Kampf am folgenden Tag begann, behielt der Franzose nach einem wackeren Rennen den Sieg, und empfing den Ritterdank von der Gräfin Richilde, die vor Unmut zu sterben gedachte. Vorerst ließ sie ihren Zorn an dem Arzt Sambul aus, er ward in den Turm geworfen, in Ketten geschlossen, und ohne weiteres Verhör ließ ihm die gestrenge Frau Haar um Haar den ehrwürdigen Bart ausraufen und beide Ohren abschneiden.

Nachdem der erste Sturm vorüber war und die Grausame bedachte, dass ihre Stieftochter Bianca dennoch über sie triumphieren werde, sofern es ihr nicht gelingen sollte, sie durch List hinzurichten, denn das väterliche Testament hatte ihr alle Gewalt über die Tochter geraubt, so schrieb sie einen Brief an das Fräulein, so zärtlich, und freute sich ihrer Genesung so mütterlich, als ob ihr das Herz jedes Wort in die Feder diktiert hätte. Diesen Brief gab sie ihrer Vertrauten, der Amme, ihn dem eingekerkerten Arzt zu bringen nebst einem Zettel, darauf diese Worte geschrieben standen: Schließe in diesen Brief für die Hand, die ihn öffnet, Tod und Verderben ein. Hüte dich, mich zum dritten Mal zu täuschen, so lieb Dir Dein Leben ist.

Sambul der Arzt sinnierte lange, was er tun sollte, und klimperte nachdenklich an dem Geschmeide, als bete er an den Ketten sein Paternoster ab. Endlich schien die Liebe zum Leben, obgleich in einem traurigen Kerker mit einem Kopf ohne Ohren und einem Kinn ohne Bart, alle anderen Betrachtungen zu überwiegen, und er versprach zu gehorchen. Die Gräfin schickte den Brief durch einen reitenden Boten ab, der bei seiner Ankunft viel Grimassen machte, als enthalte der Brief Wunderdinge, auch wollt er nicht sagen, von woher er gekommen sei.

Das Fräulein, begierig den Inhalt zu erfahren, löste behände das Siegel, las einige Zeilen, fiel auf das Sofa zurück, schloss die lichtvollen blauen Augen und verschied. Seit der Zeit erfuhr die mörderische Stiefmutter nichts mehr von ihrer Tochter, und ob sie gleich oft Kundschafter ausschickte, so brachten ihr diese keine andere Botschaft, als dass das Fräulein nicht mehr aus ihrem Totenschlummer erwacht sei.

Also war die schöne Bianca durch die Ränke des hässlichen Weibes dreimal gestorben und dreimal begraben. Nachdem die getreuen Hofzwerge sie zum ersten Mal beigesetzt hatten und die Seelmessen angeordnet waren, hielten sie nebst den

weinenden Dirnen bei der Gruft fleißig Wacht und schauten durch das Fenster oft in den Sarg, um den Anblick ihrer teuren Gefbieterin noch so lange zu genießen, bis die Verwesung ihre Gestalt vernichten würde. Aber mit Verwunderung wurden sie gewahr, dass sich nach einigen Tagen die bleichen Wangen mit einer sanften Röte überzogen, auf den erblassten Lippen fing der Purpur des Lebens wieder an zu glühen, bald darauf schlug das Fräulein die Augen auf.

Als das die aufwartenden Diener wahrnahmen, hoben sie freudig den Deckel vom Sarg, die schöne Bianca richtete sich auf und wunderte sich nur, als sie sich in einer Totengruft und ihre Bedienung um sich her in tiefer Trauer erblickte. Eilends verließ sie den grauenvollen Ort und zitterte wie die Nymphe

Eurydice mit wankendem Knie aus dem Schattenreich zum er-
quickenden Tageslicht herauf.

Der Arzt Sambul war im Grunde ein frommer Israelit, der
an keiner Büberei Gefallen trug, außer wenn die Vorliebe für
die edlen Metalle sein enges Gewissen zuweilen ins Weite
dehnte. Bei dem Granatapfel, den ihm die Gräfin darreichte,
fiel ihm der Unglücksapfel aus dem Paradies ein, auch der gol-
dene Apfel aus den Gärten der Hesperiden, der drei Göttinnen
entzweite und Ursache war, dass eine herrliche Königsstadt
verwüstet wurde, und er dachte alsbald bei sich selbst, es sei
genug an dem Unfug, den zwei Äpfel bereits in der Welt ge-
stiftet hätten, der dritte solle die Äpfelschuld nicht mehren.
Anstatt des Giftes, das er darin verbergen sollte, tränkte er die
Hälfte davon mit einer narkotischen Essenz, die nur die Sinne
betäubte, ohne den Leib zu zerstören. Ebenso verfuhr er das
zweite Mal mit der Seifenkugel, nur dass er die Menge des
Mohnsafts vermehrte, sodass das Fräulein nicht wie vorher
zu frühzeitig erwachte und die Zwerge wähnten, sie sei und
bleibe tot, sie also abermals zu Grabe trugen und mit großem
Fleiße hüteten, bis sie zur Freude ihres Hofgesindes dennoch
wieder erwachte.

Der Schutzengel des Fräuleins sah die Gefahr, in der das
Leben seiner Pflegebefohlenen schwebte, als die Todesfurcht
den Arzt entschlossen machte, das Bubenstück der Vergiftung
wirklich zu begehen. Darum schlüpfte er unsichtbar ins Ge-
fängnis, und begann mit der Seele des Juden einen heftigen
Streit, die er nach langem Kampf überwältigte und dem Über-
wundenen den Entschluss abnötigte, seiner Gewissenhaftig-
keit den Hals ebenso standhaft aufzuopfern, als vorhin den Bart
und beide Ohren.

Vermöge seiner chemischen Kenntnisse konzentrierte er
seinen einschläfernden Saft in ein flüchtiges Salz, das von der

freien Luft alsbald aufgelöst und eingesogen wurde, damit bestrich er den Brief an die schöne Bianca, und als sie diesen las, empfing ihre ganze Atmosphäre eine betäubende Eigenschaft, indem sie den verfeinerten Mohnsamengeist einatmete. Die Wirkung davon war so gewaltsam, dass die Erstarrung des Körpers länger dauerte als vorher, und die ungeduldige Hausdame gänzlich am Wiederaufleben ihrer jungen Herrschaft zweifelte und ihr zum dritten Mal die Begräbnisfeier halten ließ.

Als das Hofgesinde eben mit dieser traurigen Feierlichkeit beschäftigt war und das Trauergeläut unablässig tönte, kam ein junger Pilger angeschritten, ging in die Kapelle, kniete sich vor den Altar in der Frühmesse hin und verrichtete seine Andacht. Er hieß Gottfried von Ardenne, war ein Sohn von Teutebald dem Wüterich, den die heilige Kirche seiner bösen Taten halber ausgestoßen und mit dem Bann belegt hatte, unter dem er gestorben war, weshalb er von den Flammen des Fegefeuers wohl gepeinigt ward.

Weil es ihm nun in der Glut viel zu heiß war, bat er den Engelpförtner flehentlich, ihn ein wenig ins Freie hinaus zu lassen, um frische Luft zu schöpfen und den Seinen kund zu tun, welche Qual er leide. Diese Bitte ward ihm auf sein Ehrenwort, sich zur rechten Zeit und Stunde wieder einzustellen, leicht zugestanden; denn in den damaligen Zeiten war in der Unterwelt gar schlechte Polizei, die Seelen schweiften scharenweise in die Oberwelt herauf, gaben ihren hinterlassenen Freunden nächtliche Besuche und hatten Freiheit, mit ihnen nach Belieben zu kosen.

Heutzutage sind sie dagegen unter strenger Klausur, dürfen nicht mehr so frank und frei herumtosen und spuken gehen, die Lebenden belästigen und erschrecken. Teutebald nützte die Zeit seiner Beurlaubung aufs Fleißigste, erschien seiner tugendsamen Witwe drei Nächte hintereinander, weckte sie aus dem süßen Schlaf, indem er ihre Hand mit der Spitze seines glühenden Fingers berührte und sprach: »Liebes Weib, habt Erbarmen mit Eurem abgeschiedenen Gemahl, den die Qualen der Vorhölle peinigen, versöhnt mich mit der heiligen Kirche und erlöst meine arme Seele, auf dass auch Euch dereinst Barmherzigkeit widerfahre.«

Die Witwe nahm sich diese Worte zu Herzen, redete davon mit ihrem Sohn, gab ihm Juwelen und Geschmeide, und der biedere Jüngling nahm einen Pilgerstab in seine Hand, pilgerte barfuß nach Rom zum Papst und erhielt Ablass für seinen Vater unter der Bedingung, auf dem Heimweg in jeder Kirche, an der er vorüberzöge, eine Messe zu hören. Er nahm einen großen Umweg, um viele heilige Orte zu besuchen, und so kam er auch durch Brabant.

Wie der fromme Pilger seinem Gelübde Genüge geleistet und seiner Gewohnheit nach eine milde Gabe in den Armenstock geopfert hatte, fragte er den Küster, warum die Kapelle schwarz behangen sei und was die Trauerkapelle bedeute. Dieser erzählte ihm der Länge nach alles, was sich mit der schönen Bianca durch die boshaften Ränke ihrer Stiefmutter zugetragen hatte. Darüber verwunderte sich Gottfried gar sehr und sprach: »Ist es mir vergönnt, den Leichnam des Fräuleins zu schauen, so führt mich zur Gruft. So Gott will, mag ich sie wohl wieder ins Leben rufen, wenn ihre Seele noch in ihr ist. Ich trage eine mir vom Heiligen Vater verehrte Reliquie bei mir, das ist ein Splitter vom Stab Elisä des Propheten, die zerstört die Zauberei und widersteht auch allen sonstigen Eingriffen in die Gesetze der Natur.«

Der Küster rief eilends die wachsamen Zwerge herbei, und da sie die Worte des Pilgers hörten, freuten sie sich sehr, führten ihn in die Gruft hinab, und Gottfried ward entzückt über den Anblick des schönen alabasternen Bildes, das er durchs Glas-

fenster im Sarg erblickte. Der Deckel wurde abgehoben, er
hieß das leidtragende Gesinde bis auf die Zwerge hinausgehen,
zog seine Reliquie hervor und legte sie auf das Herz der Ver-
storbenen.

Nach wenigen Augenblicken verschwand die Erstarrung,
und Geist und Leben kehrten in den erblassten Körper zurück.
Das Fräulein verwunderte sich über den holden Fremdling, den
sie neben sich erblickte, und die hocherfreuten Zwerge hielten
den Wundermann für einen Engel vom Himmel. Gottfried sagte der Erwachten, wer er sei und die Ursache seiner Wallfahrt,
und sie berichtete ihm dagegen ihr Schicksal und die Verfol-
gungen der grausamen Stiefmutter.

»Ihr werdet«, sprach Gottfried, »den Nachstellungen der Giftspinne nicht entgehen, sofern Ihr nicht meinem Rat folgt. Verweilt noch eine Zeitlang in dieser Gruft, damit es nicht ruchbar werde, dass Ihr lebt. Ich will meine Wallfahrt vollenden und bald wiederkommen, Euch nach Ardenne zu meiner Mutter zu führen, und so ich es vollenden mag, Euch an Eurer Mörderin rächen.«

Der Rat gefiel der schönen Bianca wohl, der edle Pilger verließ sie und sprach draußen zu dem Herzudringenden mit verstellten Worten: »Der Leichnam eurer Herrschaft wird nimmer wieder erwachen, die Quelle des Lebens ist versiegt, hin ist hin und tot ist tot.«

Die treuen Zwerge aber, die um die Wahrheit wussten, hielten den Mund, versorgten ihr Fräulein insgeheim mit Speise und Trank, hüteten das Grab wie zuvor und warteten auf die Wiederkehr des frommen Pilgers.

Gottfried sputete sich, nach Ardenne zu gelangen, umarmte seine zärtliche Mutter, und weil er von der Reise müde war, legte er sich zeitig zur Ruhe und schlief mit dem Gedanken an Fräulein Bianca flugs und fröhlich ein.

Da erschien ihm sein Vater im Traum mit heiterem Angesicht, sprach, er sei aus dem Fegefeuer erlöst, erteilte dem frommen Sohn den Segen und verhieß ihm Glück zu seinem Vorhaben. Am frühen Morgen rüstete sich Gottfried ritterlich, nahm seine Reisigen zu sich, verabschiedete sich von der Mutter und saß auf.

Wie er seine Reise nun bald vollendet hatte und in der Mitternachtsstunde das Totenglöcklein im Schloss der schönen Bianca tönen hörte, saß er ab, zog sein Pilgerkleid über den Harnisch und verrichtete seine Andacht in der Kapelle. Die ausspähenden Zwerge hatten den knienden Pilger am Altar kaum wahrgenommen, so liefen sie in die Gruft hinab, ihrer

Gebieterin die gute, neue Mär zu verkünden. Sie warf ihr
Sterbegewand von sich, und sobald die Messe vorbei war und
Messner und Küster aus der frostigen Kirche zum warmen

Bett eilten, stieg das reizende Mädchen mit fröhlichem Herzklopfen aus der Totengruft herauf, wie die Seligen am Tag der letzten Posaune aus der dunklen Grabeshöhle zum Leben hervorgehen werden.

Da sich aber das tugendsame Fräulein in den Armen eines jungen Mannes sah, der sie davonführen wollte, kam sie Grausen und Entsetzen an, und sie sprach mit verschämtem Angesicht: »Bedenkt, was Ihr tut, junger Mann, fragt Euer Herz, ob es aufrichtig oder ein Schalk ist, täuscht Ihr das Vertrauen, das ich zu Euch hege, so wisst, dass Euch die Rache des Himmels verfolgen wird.«

Der Ritter antwortete bescheiden: »Die Heilige Jungfrau sei Zeuge der Lauterkeit meiner Gesinnung, und der Fluch des Himmels treffe mich, wenn ein sträflicher Gedanke in meiner Seele ist.«

Darauf schwang sich das Fräulein getrost aufs Ross, und Gottfried geleitete sie sicher nach Ardenne zu seiner Mutter, die sie mit innigster Zärtlichkeit empfing und mit solcher Sorgfalt pflegte, als wäre sie ihre leibliche Tochter. Bald entwickelten sich die sanften sympathischen Gefühle der Liebe in dem Herzen des jungen Ritters und der schönen Bianca, die Wünsche der guten Mutter und des ganzen Hofes vereinbarten sich, das schöne Bündnis des edlen Paares durch das heilige Sakrament der Ehe je eher je lieber versiegelt zu sehen. Aber Gottfried gedachte, dass er seiner Braut Rache gelobt hatte.

Mitten unter den Vorbereitungen zum Beilager verließ er seine Residenz und zog nach Brabant zur Gräfin Richilde, die noch immer mit ihrer zweiten Wahl beschäftigt war und, weil sie den Spiegel nicht mehr um Rat fragen konnte, damit nie zustande kam. Sobald Gottfried von Ardenne am Hof erschien, zog seine schöne Gestalt die Augen der Gräfin auf sich, dass sie ihm vor allen Edlen den Vorzug gab.

Er nannte sich der Ritter vom Grabe, und das war das Einzige, was Dame Richilde an ihm auszusetzen fand. Sie wünschte ihm einen gefälligeren Beinamen, denn das Leben hatte für sie noch so viele Reize, dass ihr der Gedanke vom Grabe immer schauderhaft auffiel. Inzwischen erklärte sie sich den Beinamen des Ardenners vom Heiligen Grabe, meinte, er sei irgendwann nach Jerusalem gepilgert und sei Ritter vom Heiligen Grabe, und so ließ sie es ohne weitere Nachforschung dabei bewenden.

Nachdem sie mit ihrem Herzen über die aufkeimende Leidenschaft Rücksprache genommen hatte, fand sie, dass unter der gesamten Ritterschaft, die in ihrem Herzen aus- und einzog, Ritter Gottfried vorherrschte, und so legte sie es darauf an, ihn durch die verführerischen Netze der Koketterie zu bestricken. Durch die Kunst wusste sie die Reize der Jugend wieder aufzufrischen, die abgeblühten zu verbergen oder mit dem kunstreichen Gewebe der feinsten Brabanter Spitzen zu bedecken. Sie unterließ dabei nicht, ihrem Auserwählten die verlockendsten Avancen zu machen und ihn auf alle Art zu reizen, bald in dem prunkvollen Gewand, das ehemals an einem Galatag im hohen Olympus selbst Dame Juno nicht reicher tragen konnte; bald im verführerischen Negligé einer leichtgeschürzten Grazie; bald bei einem vertraulichen Zwiegespräch im Lustgarten, am Springbrunnen, wo marmorne Nymphen einen Silberstrom aus ihren Urnen ins Bassin rauschen ließen; bald bei einer traulichen Promenade Hand in Hand, wenn der freundliche Mond sein falbes Licht durch die dunklen Bogengänge der ernsten Eiben goss; bald in der schattigen Laube, wenn ihre melodische Hand dem lauschenden Ritter die weichsten Akkorde auf der Laute ins Herz zu träufeln gedachte.

Mit scheinbarem Enthusiasmus umfasste Gottfried bei einem solchen empfindsamen Stelldichein einmal der Gräfin Knie und sprach: »Lasst ab, holde Grausame, durch Euren mächtigen Zauber mein Herz zu zerreißen und schlafende Wünsche aufzuwecken, die mir das Hirn verwirren, Liebe ohne Hoffnung ist bitterer als der Tod.«

Sanft lächelnd hob ihn Richilde mit ihren schwanenweißen Armen auf und erwiderte mit sanfter Überredung also: »Armer Hoffnungsloser, was macht Euch mutlos? Seid Ihr zu ungelehrig, die Sympathien der Liebe, die Euch aus meinem Herzen entgegenwallen, zu empfinden oder darauf zu achten? Wenn Euch die Sprache des Herzens unverständlich ist, so nehmt das Geständnis der Liebe von meinem Munde. Was hindert uns, das Schicksal unseres Lebens auf ewig zu vereinbaren?«

»Ach«, seufzte Gottfried, indem er Richildens samtweiche Hand an die Lippen drückte, »Eure Güte entzückt mich; aber Ihr kennt nicht das Gelübde, das mich bindet, keine Gemahlin als nur von der Hand meiner Mutter zu empfangen und diese gute Mutter auch nicht zu verlassen, bis ich die letzte Kindespflicht erfüllt und ihr die Augen zugedrückt habe. Könntet Ihr Euch entschließen, teure Gebieterin meines Herzens, Euer Hoflager zu verlassen und mir in die Ardennen zu folgen, so wäre mein Los das glücklichste auf Erden.«

Die Gräfin bedachte sich nicht lange, sie willigte in alles ein, was ihr Geliebter begehrte. Der Vorschlag, Brabant zu verlassen, behagte ihr im Grunde eben nicht, noch weniger die Schwiegermutter, die ihr eine lästige Zulage zu sein schien; allein die Liebe überwindet alles. Mit großer Eile wurde der Brautzug veranstaltet, das Personal des glänzenden Gefolges ernannt, worunter auch der Hofarzt Sambul mitmarschierte, ob ihm gleich der Bart und beide Ohren fehlten.

Die schlaue Richilde hatte ihn der Fesseln entledigt, ihm auch huldreich die Ehre der ehemaligen Begünstigung wieder angedeihen lassen, denn sie gedachte sich seiner zu bedienen,

um die Schwiegermutter gelegentlich aus der Welt zu schaffen und mit ihrem Gemahl nach Brabant zurückzukehren.

Die ehrwürdige Matrone empfing ihren Sohn und die vermeintliche Schwiegertochter mit hofmäßiger Etikette, schien die getroffene Wahl des Ritters vom Grabe aufs Höchste zu billigen, und es wurde alles Erforderliche vorbereitet, das Beilager zu vollziehen. Der feierliche Tag erschien, und Dame Richilde, geschmückt wie eine Königin, trat in den Saal, wo sie zur Trauung geführt werden sollte, und wünschte, dass die Stunden Flügel hätten.

Indes kam ein Edelknabe herbei und raunte dem Bräutigam mit bedenklicher Miene etwas ins Ohr. Gottfried schlug mit scheinbarem Entsetzen die Hände zusammen und sprach mit lauter Stimme: »Unglücklicher Jüngling, wer wird an deinem Ehrentag den Brautreigen mit dir anheben, da eine mörderische Hand deine Geliebte gemordet hat?«

Hierauf wandte er sich zur Gräfin und sprach: »Wisset, schöne Richilde, dass ich zwölf Jungfrauen ausgesteuert habe, die mit mir zum Traualtar gehen sollten, und die schönste darunter ist aus Eifersucht von einer unnatürlichen Mutter ermordet worden, Sprecht, welche Rache diese Schandtat verdiene?«

Richilde, verärgert über einen Zwischenfall, der ihre Wünsche aufzuhalten oder doch die Freude des Tages zu mindern schien, sprach mit Unwillen: »Wehe der schaudervollen Tat! Die grausame Mutter verdiente anstelle der Gemordeten mit dem unglücklichen Jüngling den Brautreigen in glühenden eisernen Pantoffeln anzuheben, das würde Balsam für die Wunde seines Herzens sein, denn die Rache ist süß wie die Liebe.«

»Ihr urteilet recht«, erwiderte Gottfried, »Amen, es geschehe also!«

Der ganze Hof applaudierte der Gräfin wegen des gerechten Urteils, und die Witzlinge beteuerten hoch und teuer, die Königin aus dem Reich Arabien, die zu Salomon gepilgert war, um Weisheit von ihm zu holen, hätte es nicht besser sprechen mögen.

In diesem Augenblick flogen die hohen Flügeltüren des Nebengemachs auf, wo der Traualtar zugerichtet war, und darin stand der weibliche Engel, Fräulein Bianca, mit herrlichem Brautschmuck angetan. Sie stützte sich auf eine der zwölf Jungfrauen, als sie die fürchterliche Stiefmutter erblickte und schlug scheu die Augen nieder.

Richildens Blut erstarrte in den Adern, wie vom Blitz gerührt sank sie zu Boden, ihre Sinne umnebelten sich, und sie lag starr im Hinbrüten. Aber die Riechfläschchen der Höflinge und Damen gossen einen so kräftigen Platzregen von Lavendelgeist über sie, dass ihre Lebensgeister wider Willen erwachten. Darauf hielt ihr der Ritter vom Grabe eine Predigt, wovon ihr jedes Wort durch die Seele schnitt, und führte die schöne Bianca zum Altar, wo der Bischof in priesterlicher Kleidung das edle Paar nebst den zwölf ausgesteuerten Jungfrauen mit ihren Geliebten zusammengab.

Wie die geistliche Zeremonie beendet war, ging der gesamte Brautzug in den Tanzsaal. Die kunstreichen Zwerge hatten

indessen mit großer Behändigkeit aus blankem Stahl ein Paar
Pantoffeln geschmiedet, standen am Kamin, schürten Feuer an
und glühten die Tanzschuhe hochpurpurrot.

Da trat Gunzelin, der knochenfeste französische Ritter hervor und forderte die Giftnatter zum Tanz auf, den Brautreigen
mit ihr zu beginnen, und ob sie sich gleich diese Ehre höchlich
verbat, so half doch kein Bitten noch Sträuben.

Er umfasste sie mit seinen kräftigen Armen, die Zwerge zogen ihr die glühenden Pantoffeln an, und Gunzelin tanzte mit ihr
einen so raschen Schleifer den Saal entlang, dass der Erdboden
rauchte und ihre zarten wohlgebratenen Füße kein Hühnerau-
ge mehr quälte. Dazu bliesen die Musikanten so herzhaft das

Waldhorn, dass alles Gewinsel und Wehklagen in der rauschenden Musik unterging. Nach unendlichen Wirbeln und Kreisen drehte der flinke Ritter die erhitzte Tánzerin, die noch nie einen so heißen Schleifer gemacht hatte, zum Saal hinaus, die Stiegen hinab in einen wohlverwahrten Turm, wo die büßende Sünderin Zeit und Muße hatte, Buße zu tun. Sambul der Arzt aber kochte flugs eine köstliche Salbe, welche die Schmerzen linderte und die Brandblasen heilte.

Gottfried von Ardenne und Bianca lebten in einer paradiesischen Ehe und belohnten reichlich den Arzt Sambul, der gegen die Gewohnheit seiner Kollegen nicht tötete, wo er's durfte. Auch oben im Himmel ward ihm sein Biedersinn zum Segen angeschrieben; sein Geschlecht blüht noch in späten Enkelsöhnen, einer seiner Nachkommen, Samuel Sambul, steht hocherhaben wie eine Zeder im Hause Israel, dient Seiner

mauretanischen Majestät, dem König in Marokko, als erster
Minister und lebt – einige Bastonaden auf die Fußsohlen abge-
rechnet – in Glück und Ehre bis auf diesen Tag.

Brüder Grimm
Schneewittchen

aus den Kinder- und Hausmärchen

Es war einmal mitten im Winter, und die Schneeflocken fielen wie Federn vom Himmel herab. Da saß eine Königin an einem Fenster, das einen Rahmen von schwarzem Ebenholz hatte, und nähte. Und wie sie so nähte und nach dem Schnee aufblickte, stach sie sich mit der Nadel in den Finger, und es fielen drei Tropfen Blut in den Schnee.

Und weil das Rote im weißen Schnee so schön aussah, dachte sie bei sich: Hätte ich ein Kind, so weiß wie Schnee, so rot wie Blut und so schwarz wie das Holz an dem Rahmen! Bald darauf bekam sie ein Töchterlein, das war so weiß wie Schnee, so rot wie Blut und so schwarzhaarig wie Ebenholz und ward darum Schneewittchen genannt. Und wie das Kind geboren war, starb die Königin.

Über ein Jahr nahm sich der König eine andere Gemahlin. Es war eine schöne Frau, aber sie war stolz und übermütig und konnte nicht leiden, dass sie an Schönheit von jemandem sollte übertroffen werden. Sie hatte einen wunderbaren Spiegel; wenn sie vor den trat und sich darin beschaute, sprach sie:

»Spieglein, Spieglein an der Wand,
wer ist die Schönste im ganzen Land?«,
so antwortete der Spiegel:
»Frau Königin, Ihr seid die Schönste im Land.«

Da war sie zufrieden, denn sie wusste, dass der Spiegel die Wahrheit sagte. Schneewittchen aber wuchs heran und wurde immer schöner, und als es sieben Jahre alt war, war es so schön wie der klare Tag und schöner als die Königin selbst. Als diese einmal ihren Spiegel fragte:

»Spieglein, Spieglein an der Wand,
wer ist die Schönste im ganzen Land?«,

so antwortete er:

»Frau Königin, Ihr seid die Schönste hier,
aber Schneewittchen ist tausendmal schöner als Ihr.«

Da erschrak die Königin und ward gelb und grün vor Neid. Von Stunde an, wenn sie Schneewittchen erblickte, kehrte sich ihr das Herz im Leibe herum – so hasste sie das Mädchen. Und der Neid und Hochmut wuchsen wie ein Unkraut in ihrem Herzen immer höher, dass sie Tag und Nacht keine Ruhe mehr hatte.

Da rief sie einen Jäger und sprach: »Bring das Kind hinaus in den Wald, ich will es nicht mehr vor meinen Augen sehen. Du sollst es töten und mir Lunge und Leber zum Wahrzeichen mitbringen.«

Der Jäger gehorchte und führte es hinaus, und als er den Hirschfänger gezogen hatte und Schneewittchens unschuldiges Herz durchbohren wollte, fing es an zu weinen und sprach: »Ach, lieber Jäger, lass mir mein Leben! Ich will in den wilden Wald laufen und nimmermehr wieder heimkommen.«

Und weil es gar so schön war, hatte der Jäger Mitleid und sprach: »So lauf hin, du armes Kind!« Die wilden Tiere werden dich bald gefressen haben, dachte er, und doch war's ihm, als wäre ein Stein von seinem Herzen gewälzt, weil er es nicht zu töten brauchte. Und als gerade ein junger Frischling dahergesprungen kam, stach er ihn ab, nahm Lunge und Leber heraus und brachte sie als Wahrzeichen der Königin mit.

Der Koch musste sie in Salz kochen, und das boshafte Weib aß sie auf und meinte, sie hätte Schneewittchens Lunge und Leber gegessen.

Nun war das arme Kind in dem großen Wald mutterseelenallein und ihm ward so angst, dass es alle Blätter an den Bäumen ansah und nicht wusste, wie es sich helfen sollte. Da fing es an zu laufen und lief über die spitzen Steine und durch die Dornen, und die wilden Tiere sprangen an ihm vorbei, aber sie taten ihm nichts.

Es lief, so lange nur die Füße noch fortkonnten, bis es bald Abend werden wollte. Da sah es ein kleines Häuschen und ging hinein, sich zu ruhen. In dem Haus war alles klein, aber so zierlich und reinlich, dass es nicht zu sagen ist. Da stand ein weißgedecktes Tischlein mit sieben kleinen Tellern, jeder Teller mit seinem Löffelein, ferner sieben Messerlein und Gäbelein und sieben Becherlein. An der Wand waren sieben Bettlein nebeneinander aufgestellt und schneeweiße Laken darüber gedeckt. Schneewittchen, weil es so hungrig und durstig war, aß von jedem Teller ein wenig Gemüse und Brot und trank aus jedem Becher einen Tropfen Wein; denn es wollte nicht einem alles wegnehmen. Hernach, weil es so müde war, legte es sich in ein Bettchen, aber keines passte; das eine war zu lang, das andere zu kurz, bis endlich das siebte recht war; und darin blieb es liegen, befahl sich Gott und schlief ein.

Als es ganz dunkel geworden war, kamen die Hausherren heim, das waren die sieben Zwerge, die in den Bergen nach Erz hackten und gruben. Sie zündeten ihre sieben Lichter an, und wie es nun hell im Häuslein ward, sahen sie, dass jemand darin gesessen war, denn es stand nicht alles in der Ordnung, wie sie es verlassen hatten.

Der erste sprach: »Wer hat auf meinem Stuhl gesessen?«
Der zweite: »Wer hat von meinem Tellerchen gegessen?«
Der dritte: »Wer hat von meinem Brötchen genommen?«
Der vierte: »Wer hat von meinem Gemüse gegessen?«
Der fünfte: »Wer hat mit meinem Gäbelchen gestochen?«
Der sechste: »Wer hat mit meinem Messer geschnitten?«
Der siebte: »Wer hat aus meinem Becherlein getrunken?«
Dann sah sich der erste um und sah, dass auf seinem Bett

eine kleine Delle war, da sprach er: »Wer hat in mein Bettchen getreten?«

Die anderen kamen gelaufen und riefen: »In meinem hat auch jemand gelegen!« Der siebte aber, als er in sein Bett sah, erblickte Schneewittchen, das lag darin und schlief. Nun rief er die anderen, die kamen herbeigelaufen und schrien vor Verwunderung, holten ihre sieben Lichtlein und beleuchteten Schneewittchen.

»Ei, du mein Gott! Ei, du mein Gott!«, riefen sie, »was ist das Kind so schön!« Und sie hatten so große Freude, dass sie es nicht aufweckten, sondern im Bett fortschlafen ließen. Der siebte Zwerg aber schlief bei seinen Gesellen, bei jedem eine Stunde, da war die Nacht herum.

Als es Morgen war, erwachte Schneewittchen, und wie es die sieben Zwerge sah, erschrak es. Sie waren aber freundlich und fragten: »Wie heißt du?«

»Ich heiße Schneewittchen«, antwortete es.

»Wie bist du in unser Haus gekommen?«, sprachen die Zwerge weiter. Da erzählte es ihnen, dass seine Stiefmutter es hätte wollen umbringen lassen, der Jäger hätte ihm aber das Leben geschenkt, und da wär es gelaufen den ganzen Tag, bis es endlich ihr Häuslein gefunden hätte. Die Zwerge sprachen: »Willst du unsern Haushalt versehen, kochen, betten, waschen, nähen und stricken, und willst du alles ordentlich und reinlich halten, so kannst du bei uns bleiben, und es soll dir an nichts fehlen.«

»Ja«, sagte Schneewittchen, »von Herzen gern!« und blieb bei ihnen. Es hielt ihnen das Haus in Ordnung. Morgens gingen sie in die Berge und suchten Erz und Gold, abends kamen sie wieder, und da musste ihr Essen bereit sein. Den ganzen Tag über war das Mädchen allein; da warnten es die guten Zwerge und sprachen: »Hüte dich vor deiner Stiefmutter, die wird bald wissen, dass du hier bist; lass ja niemanden herein!«

Die Königin aber, nachdem sie Schneewittchens Lunge und Leber glaubte gegessen zu haben, dachte nicht anders, als sie wäre wieder die Erste und Allerschönste, trat vor ihren Spiegel und sprach:

»Spieglein, Spieglein an der Wand,
wer ist die Schönste im ganzen Land?«
Da antwortete der Spiegel:
»Frau Königin, Ihr seid die Schönste hier,
aber Schneewittchen über den Bergen
bei den sieben Zwergen
ist noch tausendmal schöner als Ihr.«

Da erschrak sie, denn sie wusste, dass der Spiegel keine Unwahrheit sprach, und merkte, dass der Jäger sie betrogen hatte und Schneewittchen noch am Leben war. Und da sann und sann sie aufs Neue, wie sie es umbringen wollte; denn so lange sie nicht die Schönste war im ganzen Land, ließ ihr der Neid keine Ruhe. Und als sie sich endlich etwas ausgedacht hatte, färbte sie sich das Gesicht und kleidete sich wie eine alte Krämerin und war ganz unkenntlich. In dieser Gestalt ging sie über die sieben Berge zu den sieben Zwergen, klopfte an die Tür und rief: »Schöne Ware! Schöne Ware!« Schneewittchen guckte zum Fenster hinaus und rief: »Guten Tag, liebe Frau! Was habt Ihr zu verkaufen?«

»Gute Ware«, antwortete sie, »Schnürriemen von allen Farben«, und holte einen hervor, der aus bunter Seide geflochten war. Die ehrliche Frau kann ich hereinlassen, dachte Schneewittchen, riegelte die Tür auf und kaufte sich den hübschen Schnürriemen. »Kind«, sprach die Alte, »wie du aussiehst! Komm, ich will dich einmal ordentlich schnüren.«

Schneewittchen hatte kein Arg, stellte sich vor sie und ließ sich mit dem neuen Schnürriemen schnüren.

Aber die Alte schnürte geschwind und schnürte so fest, dass dem Schneewittchen der Atem verging und es für tot hinfiel. »Nun bist du die Schönste gewesen«, sprach sie und eilte hinaus. Nicht lange darauf, zur Abendzeit, kamen die sieben Zwerge nach Haus; aber wie erschraken sie, als sie ihr liebes Schneewittchen auf der Erde liegen sahen, und es regte und bewegte sich nicht, als wäre es tot.

Sie hoben es in die Höhe, und weil sie sahen, dass es zu fest geschnürt war, schnitten sie den Schnürriemen entzwei; da fing es an ein wenig zu atmen und ward nach und nach wieder lebendig. Als die Zwerge hörten, was geschehen war, sprachen sie: »Die alte Krämerfrau war niemand anders als die gottlose Königin. Hüte dich und lass keinen Menschen herein, wenn wir nicht bei dir sind!« Das böse Weib aber, als es nach Haus gekommen war, ging vor den Spiegel und fragte:

»Spieglein, Spieglein an der Wand,
wer ist die Schönste im ganzen Land?«
Da antwortete er wie sonst:
»Frau Königin, Ihr seid die Schönste hier,
aber Schneewittchen über den Bergen
bei den sieben Zwergen
ist noch tausendmal schöner als Ihr.«
Als sie das hörte, lief ihr alles Blut zum Herzen, so erschrak sie, denn sie sah wohl, dass Schneewittchen wieder lebendig geworden war. »Nun aber«, sprach sie, »will ich etwas aussinnen, das dich zugrunde richten soll«, und mit Hexenkünsten, die sie verstand, machte sie einen giftigen Kamm. Dann verkleidete sie sich und nahm die Gestalt eines anderen alten Weibes an. So ging sie hin über die sieben Berge zu den sieben Zwergen, klopfte an die Tür und rief: »Gute Ware! Gute Ware!« Schneewittchen schaute heraus und sprach: »Geht nur weiter, ich darf niemand hereinlassen!«

»Das Ansehen wird dir doch erlaubt sein«, sprach die Alte, zog den giftigen Kamm heraus und hielt ihn in die Höhe. Da gefiel er dem Kind so gut, dass es sich betören ließ und die Tür öffnete. Als sie des Kaufs einig waren, sprach die Alte: »Nun will ich dich einmal ordentlich kämmen.«

Das arme Schneewittchen dachte an nichts, ließ die Alte gewähren, aber kaum hatte sie den Kamm in die Haare gesteckt, als das Gift darin wirkte und das Mädchen ohne Besinnung niederfiel. »Du Ausbund von Schönheit«, sprach das boshafte Weib, »jetzt ist es um dich geschehen«, und ging fort. Zum Glück aber war es bald Abend, und die sieben Zwerge kamen nachhause. Als sie Schneewittchen wie tot auf der Erde liegen sahen, hatten sie gleich die Stiefmutter in Verdacht, suchten nach und fanden den giftigen Kamm. Und kaum hatten sie ihn herausgezogen, so kam Schneewittchen wieder zu sich und erzählte, was vorgegangen war. Da warnten sie es noch einmal, auf seiner Hut zu sein und niemand die Tür zu öffnen. Die Königin stellte sich daheim vor den Spiegel und sprach:

»Spieglein, Spieglein an der Wand,
wer ist die Schönste im ganzen Land?«

Da antwortete er wie vorher:

»Frau Königin, Ihr seid die Schönste hier,
aber Schneewittchen über den Bergen
bei den sieben Zwergen
ist noch tausendmal schöner als Ihr.«

Als sie den Spiegel so reden hörte, zitterte und bebte sie vor Zorn. »Schneewittchen soll sterben«, rief sie, »und wenn es mein eigenes Leben kostet!«

Darauf ging sie in eine ganz verborgene, einsame Kammer, wo niemand hinkam, und machte da einen giftigen, giftigen Apfel. Äußerlich sah er schön aus, weiß mit roten Backen, dass jeder, der ihn erblickte, Lust danach bekam, aber wer ein Stückchen davon aß, der musste sterben.

Als der Apfel fertig war, färbte sie sich das Gesicht und verkleidete sich in eine Bauersfrau, und so ging sie über die sieben Berge zu den sieben Zwergen. Sie klopfte an. Schneewittchen streckte den Kopf zum Fenster heraus und sprach: »Ich darf

keinen Menschen einlassen, die sieben Zwerge haben mir's verboten!«

»Mir auch recht«, antwortete die Bäuerin, »meine Äpfel will ich schon loswerden. Da, einen will ich dir schenken.«

»Nein«, sprach Schneewittchen, »ich darf nichts annehmen!«

»Fürchtest du dich vor Gift?«, sprach die Alte, »siehst du, da schneide ich den Apfel in zwei Teile; den roten Backen iss, den weißen will ich essen.«

Der Apfel war aber so kunstvoll gemacht, dass der rote Backen allein vergiftet war. Schneewittchen schaute den schönen Apfel an, und als es sah, dass die Bäuerin davon aß, so konnte es nicht länger widerstehen, streckte die Hand hinaus und nahm die giftige Hälfte. Kaum aber hatte es einen Bissen davon im Mund, so fiel es tot zur Erde nieder. Da betrachtete die Königin es mit grausigen Blicken, lachte überlaut und sprach: »Weiß wie Schnee, rot wie Blut, schwarz wie Ebenholz! Diesmal können dich die Zwerge nicht wieder erwecken.«

Und als sie daheim den Spiegel befragte:

> »Spieglein, Spieglein an der Wand,
> wer ist die Schönste im ganzen Land?«

so antwortete er endlich:

> »Frau Königin, Ihr seid die Schönste im Land.«

Da hatte ihr neidisches Herz Ruhe, so gut ein neidisches Herz Ruhe haben kann.

Die Zwerge, wie sie abends nach Haus kamen, fanden Schneewittchen auf der Erde liegen, und es ging kein Atem mehr aus seinem Mund, und es war tot. Sie hoben es auf, suchten, ob sie was Giftiges fänden, schnürten es auf, kämmten ihm die Haare, wuschen es mit Wasser und Wein, aber es half alles nichts; das liebe Kind war tot und blieb tot.

Sie legten es auf eine Bahre und setzten sich alle sieben daran und beweinten es und weinten drei Tage lang. Da wollten sie es begraben, aber es sah noch so frisch aus wie ein lebender Mensch und hatte noch seine schönen, roten Backen.

Sie sprachen: »Das können wir nicht in die schwarze Erde versenken«, und ließen einen durchsichtigen Sarg von Glas machen, dass man es von allen Seiten sehen konnte, legten es hinein und schrieben mit goldenen Buchstaben seinen Namen darauf und dass es eine Königstochter wäre.

Dann setzten sie den Sarg hinaus auf den Berg, und einer von ihnen blieb immer dabei und bewachte ihn.

Und die Tiere kamen auch und beweinten Schneewittchen, erst eine Eule, dann ein Rabe, zuletzt ein Täubchen. Nun lag Schneewittchen lange, lange Zeit in dem Sarg und verweste

nicht, sondern sah aus, als wenn es schliefe, denn es war noch so weiß wie Schnee, so rot wie Blut und so schwarzhaarig wie Ebenholz.

Es geschah aber, dass ein Königssohn in den Wald geriet und zu dem Zwergenhaus kam, da zu übernachten. Er sah auf dem Berg den Sarg und das schöne Schneewittchen darin und las, was mit goldenen Buchstaben darauf geschrieben war. Da sprach er zu den Zwergen: »Lasst mir den Sarg, ich will euch geben, was ihr dafür haben wollt.«

Aber die Zwerge antworteten: »Wir geben ihn nicht für alles Gold in der Welt.«

Da sprach er: »So schenkt mir ihn, denn ich kann nicht leben, ohne Schneewittchen zu sehen, ich will es ehren und hochachten wie mein Liebstes.«

Wie er so sprach, empfanden die guten Zwerge Mitleid mit ihm und gaben ihm den Sarg. Der Königssohn ließ ihn nun von seinen Dienern auf den Schultern forttragen. Da geschah es, dass sie über einen Strauch stolperten, und von dem Schüttern fuhr der giftige Apfelrest, den Schneewittchen abgebissen hatte, aus dem Hals.

Und nicht lange, so öffnete es die Augen, hob den Deckel vom Sarg in die Höhe und richtete sich auf und war wieder lebendig. »Ach Gott, wo bin ich?«, rief es.

Der Königssohn sagte voll Freude: »Du bist bei mir«, und erzählte, was sich zugetragen hatte, und sprach: »Ich habe dich lieber als alles auf der Welt; komm mit mir in meines Vaters Schloss, du sollst meine Gemahlin werden.«

Da war ihm Schneewittchen gut und ging mit ihm, und ihre Hochzeit ward mit großer Pracht und Herrlichkeit angeordnet.

Zu dem Feste wurde aber auch Schneewittchens gottlose Stiefmutter eingeladen. Wie sie sich nun mit schönen Kleidern angetan hatte, trat sie vor den Spiegel und sprach:

»Spieglein, Spieglein an der Wand,
wer ist die Schönste im ganzen Land?«

Der Spiegel antwortete:

<blockquote>
»Frau Königin, Ihr seid die Schönste hier,
aber die junge Königin
ist noch tausendmal schöner als ihr.«
</blockquote>

Da stieß das böse Weib einen Fluch aus, und ward ihr so angst, so angst, dass sie sich nicht zu lassen wusste. Sie wollte zuerst gar nicht auf die Hochzeit kommen, doch ließ es ihr keine Ruhe, sie musste fort und die junge Königin sehen.

Und wie sie hinein trat, erkannte sie Schneewittchen, und vor Angst und Schrecken stand sie da und konnte sich nicht regen. Aber es waren schon eiserne Pantoffel über Kohlenfeuer gestellt und wurden mit Zangen hereingetragen und vor sie hingestellt. Da musste sie in die rot glühenden Schuhe treten und so lange tanzen, bis sie tot zur Erde fiel.

Glossar

abgefeimt – durchtrieben, in allen Schlechtigkeiten erfahren

Adonis – der Gott der Schönheit und Vegetation

Agnus Dei – lateinisch „Lamm Gottes", Symbol für Jesus

Andächtelei – äußerliche Anbetung ohne echte Teilnahme

Armenstock – ein hohler Klotz an Kirchen zum Geldsammeln

Apostrophe – Ansprache an vorgestellte Zuhörer

Aphrodite – griechische Göttin der Liebe, der Schönheit und
    der sinnlichen Begierde

Bastonade – Prügelstrafe, besonders auf die Fußsohlen

behände – flink und geschickt, besonders in den Bewegungen

Behändigkeit – von Flinkheit, Geschicktheit zeugend

Beilager – bei fürstlichen Personen unter bestimmten Zere-
    monien vollzogener Beischlaf als Akt der Eheschließung

Buch Esther – ein Buch aus dem Alten Testament

Dirne – früher allgemeine Bezeichnung für Mädchen

Endymion – der schöne, ewig junge Liebhaber der Mondgöttin

Engelpförtner - Pförtner am Tor zwischen Dies- und Jenseits

Eurydice – eine Nympfe, die Orpheus aus dem Totenreich ins
    Leben zurückführen wollte

Föhrenholz – Holz der Föhre, der Kiefer

Ganymed – „der Glanzfrohe", in der griechischen Mythologie
    der „Schönste aller Sterblichen"

Gesinde – häusliche Dienstboten

Hinbrüten – dumpfes, versunkenes, verlorenes Nachdenken

Lanze mit ihm brechen – siehe: Stechbahn

Hesperiden – Sie hüteten einen Baum mit goldenen Äpfeln,
    den Gaia der Hera zu ihrer Hochzeit hatte wachsen lassen
    und der durch den Drachen Ladon bewacht wurde.

Hirschhorngeist – Ammoniakwasser aus Hirschhornsalz
hoffärtig – anmaßend, arrogant, herablassend
Ida und Paphos – Der Sage nach ging Aphrodite nach ihrer
    Geburt auf Zypern an Land. Das südöstlich von Paphos ge-
    legene, ältere Palaia Paphos war ein bedeutendes Zentrum
    ihrer Verehrung.
Juno – römische Göttin der Geburt, der Ehe und Fürsorge
Maskenfreiheit – Befreiung von der höllischen Foltermethode
des Maskenzwangs
Matrone – ältere, Gesetztheit und Würde ausstrahlende Frau
Negligé – nachlässiges, verführerisches Kleidungsstück
Nymphe – weiblicher Naturgeist
Olympus – der himmlische Wohnort der griechischen Götter
Po – längster Fluss Italiens
Reisige – bewaffnete Dienstleute, berittene Begleitpersonen
Ritterdank – Preis, den ein Ritter in einem Kampf davonträgt
Schleifer – alter Bauerntanz in langsamem Dreiertakt
Schnürriemen – Mieder zum Schlankmachen der Taille
Schwanengesang – das letzte Werk, die letzte Rede; Abge-
    sang auf etwas, das im Verschwinden begriffen ist
Seine – wichtiger Fluss in Frankreich, der durch Paris fließt
Sokrates – griechischer Philosoph (469 – 399 v. Chr.)
Stechbahn – die Turnierbahn, auf der die Ritter versuchten,
    den anderen mit einer Lanze aus dem Sattel zu stoßen
Tagus – längster Fluss, der durch Spanien und Portugal fließt
Themse – Fluss Großbritanniens, der durch London fließt
Trauergepränge – Prunk, Prachtentfaltung bei der Beerdigung
von hinnen – von hier weg
Wappenkönig – oberster Zeremonienmeister und Bote
Waschti – eine Frau des Perserkönigs Ahasveros
Witzling – Witzbold
Zunder – getrockneter Zunderschwamm zum Feuerzünden

Leseproben und Bestellung auf alfa-veda.com